A PAZ DURA POUCO

CHINUA ACHEBE

A paz dura pouco

Tradução
Rubens Figueiredo

1ª reimpressão

Copyright © 1960 by Chinua Achebe

Grafia atualizada segundo o Acordo Ortográfico da Língua Portuguesa de 1990, que entrou em vigor no Brasil em 2009.

Título original
No longer at ease

Capa
Marcos Kotlhar

Foto de capa
® MAA, University of Cambridge, N.71979.GIJ

Preparação
Leny Cordeiro

Revisão
Thaís Totino Richter
Renata Lopes Del Nero

Dados Internacionais de Catalogação na Publicação (CIP)
(Câmara Brasileira do Livro, SP, Brasil)

Achebe, Chinua
A paz dura pouco / Chinua Achebe ; tradução Rubens Figueiredo — 1ª ed. — São Paulo : Companhia das Letras, 2013.

Título original: No longer at ease.
ISBN 978-85-359-2212-7

1. Ficção inglesa — Escritores africanos I. Título.

12-14793   CDD-823

Índice para catálogo sistemático:
1. Ficção : Literatura africana em inglês 823

[2021]
Todos os direitos desta edição reservados à
EDITORA SCHWARCZ S.A.
Rua Bandeira Paulista, 702, cj. 32
04532-002 — São Paulo — SP
Telefone: (11) 3707-3500
www.companhiadasletras.com.br
www.blogdacompanhia.com.br
facebook.com/companhiadasletras
instagram.com/companhiadasletras
twitter.com/cialetras

Para Christie

Voltamos para nossas moradas, estes Reinos,
Mas a paz dura pouco aqui, nos antigos domínios,
Com um povo estrangeiro, aferrado a seus deuses.
Uma outra morte me deixaria feliz.

T. S. Eliot, "A viagem dos Reis Magos"

1.

Por três ou quatro semanas, Obi Okonkwo vinha se preparando para enfrentar aquele momento. E quando caminhou para o banco dos réus naquela manhã, achou que estava totalmente pronto. Vestia um elegante terno de Palm-Beach e aparentava estar tranquilo e indiferente. O caso parecia ser de pouco interesse para ele. A não ser por um breve momento, bem no início, quando um dos advogados se desentendeu com o juiz.

"Este julgamento começa às nove horas. Por que está atrasado?"

Toda vez que o meritíssimo juiz William Galloway, do Supremo Tribunal de Lagos e de Camarões do Sul, olhava para uma vítima, ele a paralisava, assim como um colecionador imobiliza seu inseto com formol. O juiz baixou a cabeça, como um aríete prestes a avançar e, espiando por cima de seus óculos de aros dourados, mirou na direção do advogado.

"Desculpe, Vossa Excelência", balbuciou o homem. "Meu carro quebrou no caminho para cá."

O juiz continuou a olhar para ele por um bom tempo. Em seguida, falou de maneira bastante abrupta:

"Está certo, sr. Adeyemi. Aceito sua justificativa. Mas devo dizer que estou ficando farto e cansado dessas constantes desculpas acerca de problemas de locomoção."

Houve risos reprimidos no tribunal. Obi Okonkwo esboçou um sorriso pálido e cinzento e perdeu outra vez o interesse.

Todos os lugares disponíveis na sala do tribunal estavam ocupados. Havia quase o mesmo número de pessoas de pé e sentadas. O caso em julgamento era a grande sensação em Lagos havia várias semanas e, naquele último dia, todos que podiam largar o trabalho haviam comparecido para presenciar o julgamento. Alguns funcionários públicos chegaram a pagar dez *shillings* e seis *pence* para obter um atestado médico que lhes garantia um dia de licença.

A desatenção de Obi não dava nenhum sinal de estar diminuindo, nem mesmo quando o juiz começou a fazer o sumário. Só quando ele disse: "Não consigo entender como um jovem com a sua educação e com um futuro brilhante pela frente pôde fazer uma coisa dessas", ocorreu uma mudança repentina e marcante. Lágrimas traiçoeiras encheram os olhos de Obi. Ele pegou um lenço branco e esfregou o rosto. Mas fez como fazem as pessoas de seu povo quando enxugam o suor. Tentou até sorrir e desmentir suas lágrimas. Um sorriso teria sido perfeitamente lógico. Toda aquela conversa sobre educação e um futuro promissor não o havia apanhado desprevenido. Ele já esperava aquilo e havia ensaiado a cena cem vezes, até se tornar algo tão familiar quanto um amigo.

De fato, algumas semanas antes, quando o julgamento havia começado, o sr. Green, seu chefe, que era uma das testemunhas da acusação, também dissera algo a respeito de um jovem de futuro promissor. E Obi tinha ficado absolutamente impassível. Foi triste, mas o fato de ter perdido a mãe e de Clara ter saído de sua vida pouco tempo antes até o ajudou. Os dois eventos se sucederam num curto intervalo, embotaram sua sensibilidade e fizeram dele um homem diferente, capaz de encarar sem medo palavras como "educação" e "futuro promissor". Mas agora que o momento crucial havia chegado, ele foi traído por suas lágrimas.

O sr. Green estava jogando tênis desde as cinco horas. Era bastante fora do comum. Em geral, seu trabalho tomava uma parte tão grande de seu tempo que ele raramente ia jogar. Seu exercício normal era uma breve caminhada no final da tarde. Mas hoje ele havia jogado tênis com um amigo que trabalhava no Conselho Britânico. Depois do jogo, retiraram-se para o bar do clube. O sr. Green tinha um suéter amarelo-claro por cima da camisa branca e uma toalha branca pendurada no pescoço. Havia muitos outros europeus no bar, alguns meio sentados em tamboretes altos e outros de pé, em grupos de dois e três, tomando cerveja gelada, suco de laranja ou gim-tônica.

"Não consigo entender por que ele fez isso", disse o homem do Conselho Britânico com ar pensativo. Estava traçando riscos de água com a ponta do dedo no copo embaçado, com cerveja gelada.

"Mas eu consigo", disse o sr. Green com simplicidade. "O que não consigo entender é por que pessoas como você se recusam a encarar os fatos." O sr. Green era famoso por falar o que pensava. Esfregou a cara vermelha com a toalha branca pendurada no pescoço. "O africano é corrupto dos pés à cabeça." O homem do Conselho Britânico olhou à sua volta de maneira furtiva, mais por instinto que por necessidade, pois embora a rigor o clube agora estivesse aberto para os africanos, poucos o frequentavam. Naquela ocasião em particular, não havia nenhum, exceto, é claro, os garçons, que atendiam os clientes de maneira discreta. Era perfeitamente possível entrar, beber, preencher um cheque, falar com os amigos e sair de novo sem notar a presença dos garçons, em seus uniformes brancos. Se tudo corresse bem, os clientes nem os veriam por ali.

"São todos corruptos", repetiu o sr. Green. "Sou totalmente a favor da igualdade e tudo o mais. Eu, por exemplo, detestaria morar na África do Sul. Mas a igualdade não vai modificar os fatos."

"Que fatos?", perguntou o homem do Conselho Britânico, que era relativamente novo no país. Houve uma calmaria na conversação geral no clube, como se agora muita gente estivesse prestando atenção às palavras do sr. Green, sem parecer que o faziam.

"O fato de que os africanos, ao longo de muitos séculos, foram vítimas do pior clima do mundo e de todas as doenças imagináveis. Não é culpa deles, é claro. Mas o fato é que foram mental e fisicamente solapados. Nós trouxemos para eles a educação ocidental. Mas de que isso adianta? Eles são..." Foi interrompido pela chegada de outro amigo.

"Oi, Peter. Oi, Bill."

"Oi."

"Oi."

"Posso me juntar a vocês?"

"Sem dúvida."

"Sem a menor dúvida. O que está bebendo? Cerveja? Está bem. Garçom. Uma cerveja para este patrão."

"Qual cerveja, senhor?"

"Heineken."

"Sim, senhor."

"Estávamos falando sobre aquele jovem que aceitou uma propina."

"Ah, sim."

* * *

Em algum lugar na parte continental de Lagos, a União Progressista de Umuofia estava promovendo uma reunião de emergência. Umuofia é um vilarejo de língua ibo na Nigéria Oriental e a cidade natal de Obi Okonkwo. Não se trata de um vilarejo especialmente grande, mas seus habitantes o chamam de cidade. Têm muito orgulho de seu passado, quando a cidade era o terror dos vizinhos, antes que o homem branco chegasse e nivelasse todos por baixo. Os umuofianos (é assim que eles se denominam) que deixaram sua cidade natal a fim de arranjar trabalho e se espalharam por cidades da Nigéria inteira encaram a si mesmos como residentes temporários. Voltam para Umuofia de dois em dois anos, mais ou menos, para passar as férias. Quando economizaram dinheiro suficiente, pedem a seus parentes na cidade que encontrem uma esposa para eles, ou então constroem uma casa "de zinco" nas terras da família. Não importa em que local da Nigéria estejam, sempre fundam ali uma filial local da União Progressista de Umuofia.

Nas semanas anteriores, a União se reuniu diversas vezes para tratar do caso de Obi Okonkwo. Na primeira reunião, algumas pessoas manifestaram a opinião de que não havia nenhum motivo para a União se preocupar com problemas de um filho pródigo que demonstrara grande desrespeito por ela muito pouco tempo antes.

"Pagamos oitocentas libras para educá-lo na Inglaterra", disse um deles. "Mas em vez de se mostrar agradecido, ele nos insulta por causa de uma garota fútil. E agora estamos sendo convocados para angariar mais dinheiro e ajudá-lo. O que é que ele faz com seu grande salário? Minha opinião pessoal é de que já fizemos coisas demais por ele."

Tal opinião, embora amplamente acatada como verdadeira,

não foi levada muito a sério. Pois, como assinalou o presidente, um irmão de etnia em apuros precisava ser salvo, e não acusado, a raiva contra um irmão de etnia era sentida na carne, e não no osso. E assim a União decidiu pagar os serviços de um advogado com os recursos do seu fundo comum. Mas naquela manhã a causa estava perdida. Esse foi o motivo de realizarem outra reunião de emergência. Muita gente já havia chegado à casa do presidente na Moloney Street, e as pessoas conversavam, agitadas, acerca do julgamento.

"Eu sabia que era um caso ruim", disse o homem que desde o início havia se oposto à intervenção da União. "Estamos só jogando dinheiro fora. O que diz o nosso povo? Quem luta a favor de alguém que não presta nada tem a mostrar a seu favor, senão a cabeça coberta de terra e fuligem."

Mas esse homem não recebeu nenhum apoio. Os homens de Umuofia estavam preparados para lutar até o fim. Não tinham ilusões acerca de Obi. Sem dúvida, era um jovem muito tolo e cabeça-dura. Mas não era a hora de tratar dessa questão. Primeiro a raposa tinha de ser caçada, depois a galinha devia ser prevenida de que não era bom andar no meio do mato.

Quando chegasse a hora crítica, era garantido que os homens de Umuofia dariam ao assunto toda atenção e fariam tudo o que estivesse a seu alcance. O presidente disse que era uma vergonha que um homem a serviço da Marinha Real fosse preso por causa de vinte libras. Ele repetiu vinte libras, cuspindo as palavras. "Sou contra alguém colher aquilo que não plantou. Mas temos um ditado que diz que, se você quer comer um sapo, deve procurar um sapo gordo e suculento."

"Tudo isso é apenas falta de experiência", disse outro homem. "Ele não devia ter recebido o dinheiro pessoalmente. O que os outros fazem é pedir que a pessoa entregue para um empregado doméstico. Obi tentou fazer aquilo que todo mundo faz, sem saber como é que se fazia." Lembrou o provérbio do rato da casa que vai nadar com a amiga lagartixa e morre de frio, pois enquanto as escamas da lagartixa a mantêm seca, o corpo peludo do rato fica encharcado.

O presidente, no momento oportuno, olhou seu relógio de bolso e anunciou que estava na hora de declarar aberta a reunião. Todos se levantaram e ele pronunciou uma breve oração. Então o presidente mostrou três nozes-de-cola aos presentes na reunião. O homem mais velho na reunião quebrou uma noz, dizendo outra espécie de oração enquanto o fazia. "Quem traz noz-de-cola traz a vida", disse ele. "Não queremos ferir ninguém, mas se alguém quiser nos ferir, que quebre o pescoço." A congregação respondeu *Amém*. "Somos estrangeiros nesta terra. Se algo de bom vier a ela, que possamos ter nosso quinhão." *Amém*. "Mas se vier algo de mal, é melhor que fique para os donos da terra, que sabem quais deuses devem ser apaziguados." *Amém*. "Muitas cidades têm quatro ou cinco ou até dez de seus filhos em empregos europeus nesta cidade. Umuofia só tem um. E agora nossos inimigos dizem que mesmo esse caso único já é demais para nós. Mas nossos ancestrais não concordarão com tal coisa." *Amém*. "Um único fruto de palmeira não se perde no fogo." *Amém*.

Obi Okonkwo era de fato o único fruto da palmeira. Seu nome completo era Obiajulu — "a mente afinal em repouso", e no caso a mente era seu pai, é claro, o qual, naquela altura, como a esposa havia lhe dado quatro filhas antes de Obi, já estava naturalmente ficando um pouco ansioso. Como era um cristão convertido — na verdade, um catequista —, ele não podia se casar de novo. Mas não era o tipo de homem que carrega seu desgosto estampado na cara. Em particular, não permitia que os pagãos soubessem que estava infeliz. Tinha chamado a quarta filha de Nwanyidinma — "Uma menina também é bom". Mas sua voz não transmitia convicção.

O velho que quebrou a noz-de-cola em Lagos e chamou Obi Okonkwo de o único fruto da palmeira não estava, no entanto, pensando na família de Okonkwo. Pensava no antigo e belicoso vilarejo de Umuofia. Seis ou sete anos antes, os umuofianos que moravam fora de sua cidade tinham formado sua União com o objetivo de juntar dinheiro para mandar alguns dos jovens mais destacados do vilarejo estudar na Inglaterra. Criaram taxas exorbitantes contra si mesmos. A primeira bolsa de estudos conferida por conta daquele esquema coubera a Obi Okonkwo, quase exatamente cinco anos antes. Embora chamassem aquilo de bolsa de estudos, o dinheiro tinha de ser reembolsado. No caso de Obi, a soma alcançava oitocentas libras, que deviam ser reembolsadas em quatro anos, após seu regresso. Queriam que ele estudasse direito, de modo que, quando voltasse, cuidaria de todas as disputas de terras contra seus vizinhos. Mas, quando chegou à Inglaterra, Obi foi estudar inglês; sua teimosia não era nenhuma novidade. A União ficou irritada, mas acabaram deixando Obi em paz. Embora não fosse se tornar advogado, tinha conseguido um "cargo europeu" no serviço público.

A seleção do primeiro candidato não representara nenhuma dificuldade para a União. Obi era a escolha óbvia. Com doze ou treze anos, ele havia passado com a melhor nota de toda a província no exame de sexta série. Depois ganhou uma bolsa de estudos para um dos melhores colégios secundários na Nigéria Oriental. Ao final de cinco anos, obteve o Certificado da Escola de Cambridge, com distinção, nas oito matérias. De fato, ele era uma celebridade no vilarejo e seu nome era constantemente lembrado na escola de missionários onde tinha sido aluno. (Agora ninguém mencionava que, certa vez, ele havia desonrado a escola por ter escrito uma carta para Adolf Hitler durante a guerra. O diretor da escola, na ocasião, dissera quase em lágrimas que Obi era uma vergonha para o Império Britânico e que, se ele fosse mais velho, seguramente seria mandado para a prisão, onde ficaria pelo resto de sua vida infeliz. Obi tinha apenas onze anos naquela altura, e assim se livrou da vara nas nádegas.)

A ida de Obi para a Inglaterra causou uma grande agitação em Umuofia. Poucos dias antes de sua partida para Lagos, os pais convocaram uma reunião em sua casa para fazer orações. O reverendo Samuel Ikedi, da Igreja Anglicana de São Marcos, em Umuofia, foi o celebrante. Disse que aquele momento representava a realização de uma profecia:

O povo que estava nas trevas
Viu uma grande luz,
E para eles que estavam
Na região da sombra da morte,
Para eles a luz se derramou.

O reverendo falou durante meia hora. Depois pediu que alguém pronunciasse a oração. No mesmo instante, Mary aceitou o desafio antes que a maioria das pessoas tivesse chance de se levantar ou até mesmo de piscar os olhos. Mary era uma das cristãs mais zelosas em Umuofia e grande amiga da mãe de Obi, Hannah Okonkwo. Embora Mary morasse bem longe da igreja — cinco quilômetros, ou mais —, nunca faltava às preces matinais, que o pastor celebrava assim que o galo cantava. No coração da estação chuvosa, ou estação do vento chamado de Harmattan frio, era certo que Mary estaria presente. Às vezes ela chegava até uma hora mais cedo. Apagava com um sopro seu lampião antigo a fim de poupar querosene e ia dormir nos compridos bancos de barro.

"Oh, Deus de Abraão, Deus de Isaac e Deus de Jacó", exclamou ela, "o Começo e o Fim. Sem Ti, nada podemos fazer. O rio grande não é grande o bastante para que laves Tuas mãos em suas águas. Tu tens a faca e o inhame; não podemos comer, a menos que Tu cortes um pedaço para nós. Somos como formigas aos Teus olhos. Somos como crianças pequenas que só lavam a barriga quando tomam banho e não molham as costas..." Ela continuou a desenrolar provérbio atrás de provérbio e imagem atrás de imagem. Por fim, chegou ao tema da reunião e tratou-o com toda a atenção devida, oferecendo entre outras coisas a história da vida do filho de sua amiga, que estava prestes a partir para o lugar onde os estudos afinal chegavam ao término. Quando Mary acabou, as pessoas piscaram e esfregaram os olhos para se acostumar à luz da noite outra vez.

Sentaram-se nos bancos compridos de madeira que haviam tomado emprestado da escola. O presidente da reunião tinha uma mesinha à sua frente. De um lado estava Obi, sentado, com seu blazer da escola e calça branca.

Dois ajudantes fortes vieram da área da cozinha, meio curvados com o peso do enorme caldeirão de ferro cheio de arroz que carregavam, um de cada lado. Um outro caldeirão veio em seguida. Duas mulheres jovens, então, trouxeram um caldeirão fervente, com um cozido que tinham acabado de tirar do fogo. Barriletes de vinho de palma vieram a seguir, e uma pilha de pratos e colheres que a igreja mantinha guardados para serem usados por seus membros em casamentos, nascimentos, mortes e outras ocasiões como aquela.

O sr. Isaac Okonkwo fez um breve discurso colocando "esta pequena noz-de-cola" diante de seus convidados. Pelos padrões de Umuofia, ele era um homem abastado. Tinha sido catequista da Sociedade da Igreja Missionária durante 25 anos e depois se aposentara com uma pensão de 25 libras por ano. Foi o primeiro homem a construir uma casa "de zinco" em Umuofia. Portanto, não era impensável que fosse preparar um banquete. Mas ninguém tinha imaginado algo daquela dimensão, nem mesmo de Okonkwo, que era famoso por ser mão-aberta, a ponto de às vezes beirar a imprevidência. Toda vez que a esposa protestava contra seu esbanjamento, ele retrucava que um homem que vivia nas margens do rio Níger não devia lavar as mãos com cuspe — um dos ditados prediletos do pai dele. Era estranho que rejeitasse tudo a respeito do pai, menos aquele provérbio. Talvez tivesse esquecido, havia muito tempo, que o pai repetia o ditado tantas vezes.

No final do banquete o pastor fez outro discurso comprido. Agradeceu a Okonkwo por lhes oferecer um banquete maior do que o servido em muitos casamentos naquele tempo.

O sr. Ikedi tinha ido a Umuofia, vindo de outro município, e estava em condições de dizer para os presentes que os banquetes de casamento andavam decaindo muito nas cidades, desde a invenção dos cartões de convite. Muitos de seus ouvintes deram um assobio de espanto quando o sr. Ikedi lhes contou que um homem não podia ir ao casamento na casa do vizinho se não tivesse recebido um daqueles pedaços de papel nos quais vinha escrito R.S.V.P. — que era traduzido, em inglês, como Arroz e Cozido em Grande Quantidade —, o que era sempre um exagero.

Em seguida, ele se voltou para o jovem à sua direita. "Em tempos passados", disse, "Umuofia exigiria que você fosse combater nas guerras e trouxesse para casa cabeças humanas. Mas aquele era um tempo de trevas, do qual fomos libertados pelo sangue do Cordeiro de Deus. Hoje nós o enviamos para ganhar conhecimento. Recorde que o temor do Senhor é o começo de toda sabedoria. Tenho ouvido falar de jovens de outras cidades que foram para o país dos homens brancos e, em vez de encarar seus estudos, procuraram as doçuras da carne. Alguns até casaram com mulheres brancas." A multidão murmurou sua forte desaprovação a tal comportamento. "Um homem que faz isso está perdido para seu povo. É como a chuva desperdiçada na floresta. Eu preferia encontrar uma esposa para você, antes de partir. Mas agora não temos tempo. De todo modo, sei que nada temos a temer, no que diz respeito a você. Estamos mandando você para estudar os livros. O prazer pode esperar. Não tenha pressa para mergulhar nos prazeres do mundo, como o jovem antílope que dança com passos capengas, quando o tempo da dança de verdade ainda não chegou."

Agradeceu de novo a Okonkwo e aos presentes por terem atendido o convite dele. "Se não tivessem atendido seu convite, nosso irmão seria como o rei que, no Livro Sagrado, convidou muitas pessoas para um banquete de casamento."

Assim que terminou seu discurso, Mary entoou uma canção que as mulheres tinham aprendido em sua reunião de orações.

> *Não me abandone, Jesus, espere por mim*
> *Quando vou para a fazenda.*
> *Não me abandone, Jesus, espere por mim*
> *Quando vou para a feira.*
> *Não me abandone, Jesus, espere por mim*
> *Quando como minha comida.*
> *Não me abandone, Jesus, espere por mim*
> *Quando tomo meu banho.*
> *Não me abandone, Jesus, espere por mim*
> *Quando ele parte para o País do Homem Branco.*
> *Não o abandone, Jesus, espere por ele.*

A reunião terminou com o canto de "Graças a Deus, de Quem fluem todas as bênçãos". Em seguida os convidados se despediram de Obi, muitos deles repetiram todos os conselhos que ele já ouvira antes. Apertaram a mão de Obi e, ao fazê-lo, empurraram seus presentes na palma de sua mão, para que ele comprasse uma caneta, um livro de exercícios, um pão para a viagem, um *shilling* ou um *penny* — presentes de peso num vilarejo onde o dinheiro era tão raro, onde os homens e as mulheres se esfalfavam ano após ano para extrair seu sustento, a duras penas, de um solo esgotado e hostil.

2.

Obi ficou na Inglaterra durante quase quatro anos. Às vezes achava difícil acreditar que tinha sido tão pouco tempo. Parecia uma década e não quatro anos, ainda mais com os tormentos do inverno, quando suas saudades e seu desejo de voltar para casa adquiriam a agudeza de uma dor física. Foi na Inglaterra que a Nigéria se tornou para ele algo mais do que apenas um nome. Foi a primeira coisa importante que a Inglaterra fez por Obi.

Mas a Nigéria para a qual voltou era, de várias formas, diferente da imagem que ele trouxera na mente ao longo daqueles quatro anos. Havia muitas coisas que não conseguia mais reconhecer, e outras — como as favelas de Lagos — que estava vendo pela primeira vez.

Quando garoto, no vilarejo de Umuofia, Obi tinha ouvido suas primeiras histórias sobre Lagos contadas por um soldado que veio da guerra para casa, passar seu período de licença. Aqueles soldados eram heróis que tinham visto o mundo. Falavam da Abissínia, do Egito, da Palestina, de Burma e de outros lugares. Alguns tinham sido verdadeiros vagabundos no vilarejo, mas agora eram heróis. Tinham sacos e mais sacos de dinheiro, e os habitantes do vilarejo sentavam a seus pés para ouvir suas histórias. Um deles ia regularmente a uma feira no vilarejo vizinho e apanhava tudo o que desejava. Ia lá de uniforme completo, rachando a terra com suas botas, e ninguém se atrevia a tocar nele. Diziam que, se alguém encostasse num soldado, o governo tomaria sérias providências contra essa pessoa. Além do mais os soldados eram fortes como leões, por causa das injeções que tomavam no exército. Foi de um daqueles soldados que Obi recebeu sua primeira imagem de Lagos.

"Lá não existe escuridão", contou ele para seus ouvintes admirados. "Porque de noite a luz elétrica brilha feito o sol e as pessoas vivem andando para lá e para cá, quer dizer, as pessoas que querem andar. Se você não quiser andar, é só abanar a mão que carros de luxo param logo para você." A plateia emitia sons de admiração. Então, a título de digressão, ele disse: "Se você vê um homem branco, tire o chapéu para ele. A única coisa que ele não pode fazer é criar um ser humano".

Durante muitos anos depois disso, na mente de Obi, Lagos sempre ficou associada a luzes elétricas e automóveis. Mesmo depois de ter visitado a cidade e passar alguns dias lá, antes de viajar de avião para o Reino Unido, sua imagem da cidade não se modificou muito. É claro, na verdade ele não viu grande coisa de Lagos, na ocasião. Sua mente, por assim dizer, estava concentrada em coisas mais elevadas. Passou aqueles poucos dias com um "compatriota", Joseph Okeke, funcionário do Departamento de Pesquisa. Obi e Joseph tinham sido colegas de turma na Escola Central da Sociedade da Igreja Missionária de Umuofia. Mas Joseph não frequentara o ensino médio, porque era velho demais e seus pais eram pobres. Havia se incorporado ao setor de educação da 82ª divisão do exército e, quando a guerra terminou, entrou no serviço clerical do governo nigeriano.

Joseph estava no autódromo de Lagos a fim de encontrar seu amigo felizardo, que estava de passagem por Lagos a caminho do Reino Unido. Levou-o para seu alojamento em Obalende. Tinha só um quarto. Uma cortina de pano azul-claro atravessava o cômodo de ponta a ponta, separando o Santuário (como chamava a cama de casal, com um colchão de molas) da sala de estar. Seus utensílios de cozinha, caixas e outros apetrechos pessoais ficavam escondidos embaixo do Santuário. A sala de estar estava ocupada por duas poltronas, um canapé (também chamado de "eu e minha garota") e uma mesa redonda sobre a qual expunha seu álbum de fotografias. De noite, seu empregado doméstico empurrava a mesa redonda para trás e estendia seu colchonete sobre o chão.

Joseph tinha tanta coisa para contar para Obi em sua primeira noite em Lagos que já passava das três horas quando foram dormir. Contou-lhe a respeito do cinema, dos salões de dança e das reuniões políticas.

"Hoje em dia, dançar é muito importante. Garota nenhuma vai olhar para você se você não souber dançar. Conheci Joy na escola de dança." "Quem é Joy?", perguntou Obi, que estava fascinado com o que estava aprendendo acerca daquele mundo novo e pecaminoso. "Ela foi minha namorada durante... deixe-me ver..." Contou nos dedos. "... março, abril, maio, junho, julho... durante cinco meses. Foi ela que fez essas capas de almofada para mim."

Obi levantou-se instintivamente a fim de olhar melhor a almofada onde estava sentado. Havia observado aquilo com atenção, mais cedo. Trazia bordada a estranha palavra *oscular*, cada letra numa cor diferente.

"Era uma boa garota, mas de vez em quando ficava muito boba. Às vezes, porém, sinto que eu gostaria que não tivéssemos desmanchado o namoro. Era simplesmente louca por mim; e era virgem quando a conheci, o que é muito raro por aqui."

Joseph falou por muito tempo e foi ficando cada vez menos coerente. Depois, sem nenhuma pausa, sua fala se transformou num ronco grave, que prosseguiu até de manhã.

Logo no dia seguinte, Obi se viu fazendo uma caminhada forçada pela Lewis Street. Joseph tinha levado uma mulher para casa e ficou claro que a presença de Obi no quarto não era desejável; assim Obi saiu para dar uma volta. A garota era uma das novas descobertas de Joseph, como lhe contou mais tarde. Era escura, alta, peitos enormes e pneumáticos por baixo do vestido vermelho e amarelo e muito justo. Seus lábios e suas unhas compridas tinham uma cor vermelha brilhante e suas sobrancelhas eram linhas pretas e finas. Ela não era diferente das máscaras de madeira feitas em Ikot Ekpene. No conjunto, deixou um gosto desagradável na boca de Obi, assim como a palavra colorida *oscular* escrita na capa de almofada.

Alguns anos depois, quando Obi, que acabara de regressar da Inglaterra, estava parado junto ao seu carro, de noite, numa das favelas mais desinteressantes de Lagos, à espera de Clara para levar metros de tecido para a costureira dela, sua mente repassou as primeiras impressões que tivera da cidade. Não havia imaginado que lugares como aquele conviviam lado a lado com carros, luzes elétricas e garotas bem vestidas.

Seu carro estava estacionado perto de uma vala aberta, que servia para escoar a água da chuva, de onde vinha um cheiro muito forte de carne podre. Era o cadáver de um cachorro que sem dúvida tinha sido atropelado por um táxi. Obi se perguntava por que tantos cães eram atropelados e mortos por carros em Lagos, até que um dia o motorista que ele havia contratado para ensiná-lo a dirigir desviou de seu caminho só para atropelar um cachorro. Obi, com uma surpresa chocada, perguntou por que tinha feito aquilo. "Dá sorte", respondeu o homem. "Cachorro dá sorte para carro novo. Mas pato é diferente. Se a gente mata um pato, vai ter um acidente, ou vai matar um homem."

Do lado oposto ao da vala para escoar a água da chuva, havia uma barraca que vendia carne. Não tinha nenhuma carne, nem vendedores de carne. Mas um homem mexia numa maquininha em cima de uma das mesas. Parecia uma máquina de costura, só que estava moendo milho. Uma mulher assistia ao homem girar a manivela para moer os grãos.

Do outro lado da estrada, um garotinho enrolado num pano vendia bolinhos de feijão ou acará, debaixo de um poste de iluminação. Sua tigela de acará estava em cima da terra e o menino parecia semiadormecido. Mas na verdade não estava, pois assim que o homem que recolhia as fezes deixadas nos penicos passou, balançando sua vassoura e seu lampião antigo, e arrastando atrás de si nuvens de putrefação, o menino rapidamente se pôs de pé, com um pulo, e desatou a xingá-lo. O homem brandiu a vassoura contra o menino, só que ele já tinha fugido com a tigela de acará na cabeça. O homem que moía milho deu uma gargalhada e a mulher riu também. O homem que recolhia o conteúdo dos penicos sorriu e seguiu seu caminho, depois de exclamar alguma coisa bem grosseira a respeito da mãe do garoto.

Isto é Lagos, pensou Obi, a Lagos de verdade, que até então ele nem havia imaginado que existia. Durante seu primeiro inverno na Inglaterra, Obi havia escrito um poema nostálgico e pueril sobre a Nigéria. Não era sobre Lagos em particular, mas Lagos fazia parte da Nigéria que ele tinha em mente.

Como é doce ficar deitado embaixo de uma árvore
De tardinha e compartilhar o êxtase

De pássaros alegres e de frágeis borboletas,
Como é doce deixar repousar em seu barro nosso corpo mundano,
E ascender rumo à música das esferas,
Descendo mansamente com o vento,
E com o brilho brando do sol poente.

Ele recordou esse poema, depois voltou e olhou para o cachorro em putrefação dentro da vala e sorriu. "Já provei carne pútrida como iguaria", disse entre os dentes cerrados. "Muito mais adequado." Enfim, Clara surgiu da rua transversal e os dois partiram juntos de carro.

Seguiram por um tempo em silêncio pelas ruas estreitas e superlotadas. "Não consigo entender por que você foi escolher sua costureira numa favela." Clara não respondeu. Em troca começou a cantarolar baixinho: "*Che sarà sarà*".

As ruas agora estavam muito barulhentas e cheias, o que era esperado numa noite de sábado às nove horas. A cada intervalo de alguns metros, havia grupos de dançarinos, muitas vezes com uniformes, ou "*aso ebi*". Alegres barracas temporárias tinham sido erguidas na frente de casas abandonadas e iluminadas com brilhantes lâmpadas fluorescentes para a celebração de um noivado, casamento, nascimento, promoção, sucesso nos negócios ou morte de um parente velho.

Obi reduziu a velocidade quando se aproximou de tocadores de tambor e um numeroso grupo de mulheres jovens em roupas de damasco e de veludo, rodando os quadris na cintura como bilhas de rolamento bem lubrificadas. Um motorista de táxi buzinou impaciente e o ultrapassou, ao mesmo tempo que se inclinava para fora, pela janela, e gritava: "*Ori oda*, você é ruim da cabeça!". "*Ori oda* — imbecil", retrucou Obi. Quase imediatamente, um ciclista atravessou a rua sem olhar para trás nem fazer nenhum sinal. Obi pisou fundo no freio e os pneus cantaram no asfalto misturado com cascalho. Clara deu um gritinho e agarrou com força o braço esquerdo de Obi. O ciclista olhou para trás uma vez e foi embora, sua ambição inscrita, para que todos a vissem, na sacola pendurada na traseira da bicicleta — FUTURO MINISTRO.

Ir da área continental de Lagos para Ikoyi num sábado à noite era como ir de uma feira para um enterro. O vasto cemitério de Lagos, que separava os dois lugares, ajudava a aprofundar aquela sensação. A despeito de todos os chalés e apartamentos de luxo e da vegetação vasta e bem tratada, Ikoyi era como um cemitério. Não tinha nenhuma vida comum — pelo menos, não para os africanos que moravam lá. Eles nem sempre tinham morado lá, é claro. No passado, era uma reserva para os europeus. Mas as coisas haviam mudado e alguns africanos em "empregos europeus" tinham recebido casas em Ikoyi. Obi Okonkwo, por exemplo, morava lá e, enquanto ia de carro de Lagos para seu apartamento, ficou chocado mais uma vez com aquelas duas cidades em uma só. Aquilo sempre o fazia pensar nas duas sementes, separadas por uma parede fina, no interior de um coquinho de palma. Às vezes uma semente era preta, brilhosa e viva, e a outra, morta, transformada num pó branco.

"O que é que está deixando você assim tão mal-humorada?" Obi olhou para Clara a seu lado, que de maneira ostensiva se sentava o mais longe possível dele, bem encostada na porta esquerda do carro. Ela não respondeu. "Me conte, querida", disse ele, segurando a mão dela na sua, enquanto usava a outra mão para dirigir. "Me deixe em paz, *ojare*", disse ela, e soltou a mão.

Obi sabia muito bem por que ela estava mal-humorada. Clara, com seu jeito tateante, havia sugerido que fossem ao cinema. Naquele estágio do relacionamento deles, Clara nunca dizia:

"Vamos ver um filme?"". Em vez disso, dizia: "Está passando um filme bom no Capitol". Obi, que não ligava para cinema, sobretudo para aqueles filmes que Clara chamava de bons, tinha dito, depois de um demorado silêncio: "Bem, se você insiste, mas eu não estou muito animado". Clara não insistia, mas se sentia muito magoada. Ficava a noite inteira acalentando seus sentimentos. "Ainda não está tarde demais para a gente ver o seu filme", disse Obi, capitulando, ou aparentando capitular. "Você pode ir se quiser, eu não vou", disse ela. Só três dias antes, tinham ido ver "um filme muito bom" que deixou Obi tão furioso que até parou de olhar para a tela, exceto quando Clara sussurrava uma ou outra explicação no ouvido para ele. "Vão matar aquele cara", profetizava Clara e, de maneira infalível, o homem amaldiçoado era morto a tiros quase imediatamente. Na parte de baixo da plateia, o público que pagava um *shilling* pelo ingresso participava ruidosamente da ação.

Obi nunca deixava de ficar espantado ao ver como Clara conseguia extrair tanto prazer daquelas orgias de matanças na tela. Na verdade, ele até que achava aquilo divertido quando estava fora do cinema. Mas, enquanto se encontrava lá dentro, não sentia senão aborrecimento. Clara estava bem consciente daquilo e tentava fazer o melhor possível para atenuar o tédio de Obi, apertando seu braço ou mordendo sua orelha, depois de ter cochichado algo quase dentro de seu ouvido. "E além do mais", dizia Clara às vezes, "eu não brigo com você quando você começa a ler seus poemas para mim." O que era absolutamente verdadeiro. Naquela mesma manhã, Obi tinha telefonado para ela no hospital, e a convidara para almoçar a fim de conhecer um amigo seu que tinha acabado de chegar a Lagos, transferido de Enugu. Na verdade, Clara tinha visto o sujeito antes e não gostava dele. Assim ela lhe disse no telefone que não estava a fim de encontrá-lo de novo. Mas Obi foi insistente e Clara acabou dizendo: "Não sei por que você quer tanto que eu encontre pessoas que eu não quero encontrar". "Você sabe, você é uma poeta, Clara", disse Obi. "Encontrar pessoas que eu não quero encontrar, isso é puro T. S. Eliot."

Clara não tinha a menor ideia do que ele estava falando, mas foi almoçar e encontrar-se com o amigo de Obi, Christopher. Portanto, o mínimo que Obi podia fazer em troca era aguentar até o fim o "filme muito bom" de Clara, assim como ela havia aguentado até o fim um almoço muito chato, enquanto Obi e Christopher teorizavam sobre a questão da propina no serviço público da Nigéria. Toda vez que Obi e Christopher se encontravam era fatal que discutissem com muito ardor a respeito do futuro da Nigéria. Qualquer que fosse a linha de raciocínio que Obi adotasse, Christopher tomaria a linha oposta. Christopher era economista formado na London School of Economics e sempre salientava que os argumentos de Obi não se baseavam em análises científicas ou factuais, o que nada tinha de surpreendente, uma vez que Obi era formado em inglês.

"O serviço público é corrupto por causa dos pretensos homens experientes nos cargos de chefia", disse Obi.

"O que você tem contra a experiência? Acha que um pirralho recém-saído da universidade devia ser nomeado secretário permanente?"

"Eu não falei de alguém *recém-saído* da universidade, mas até mesmo isso seria melhor do que preencher os cargos do primeiro escalão com velhos que não têm nenhuma base intelectual para respaldar sua experiência."

"E quanto ao fiscal de terras que foi preso no ano passado? *Ele* tinha acabado de sair da universidade."

"É uma exceção", respondeu Obi. "Mas pegue qualquer um daqueles velhos. Na certa saiu da escola há uns trinta anos, na sexta série. Trabalhou duro dando propinas para conseguir chegar ao alto escalão — um verdadeiro calvário de propinas. Para ele, a propina é uma coisa natural. Ele deu propina e espera receber também. Nosso povo diz que, se você bajula quem está nos cargos mais altos, outros o bajularão quando for sua vez de ocupar os cargos mais altos. Bem, é isso o que dizem os velhos."

"E o que dizem os jovens, se me permite perguntar?"

"Para a maioria deles, a propina não é um problema. Chegam direto aos postos mais elevados sem subornar ninguém. Não que eles sejam necessariamente melhores do que os outros, mas o fato é que podem se dar ao luxo de serem íntegros. Mas até esse tipo de integridade pode se tornar um hábito."

"Você foi ao ponto", admitiu Christopher, enquanto pegava um pedaço grande de carne na sopa de *egusi*. Estavam comendo purê de inhame e sopa de *egusi* com os dedos. A segunda geração de nigerianos instruídos tinha voltado a comer purê de inhame, ou *garri*, com os dedos pela boa razão de que, desse jeito, a comida ficava com um paladar melhor. E também pela razão melhor ainda de que não tinham tanto medo de serem chamados de incivilizados quanto os da primeira geração.

"Zacchaeus!", chamou Clara.

"Sim, senhora", respondeu uma voz na despensa.

"Traga mais sopa para nós."

Zacchaeus pensou em não responder, mas mudou de ideia e disse, relutante: "Sim, senhora". Zacchaeus tinha resolvido demitir-se assim que o patrão casasse com a madame. "Gosto demais do patrão, mas essa madame não é boa", foi seu veredicto.

3.

O caso entre Obi e Clara não podia ser chamado propriamente de amor à primeira vista. Conheceram-se num baile organizado pela filial londrina do Conselho Nacional da Nigéria e dos Camarões na Câmara Municipal de St. Pancras. Clara tinha vindo com um estudante que Obi conhecia muito bem e que apresentou um ao outro. Obi logo ficou impressionado com sua beleza e seguiu-a com os olhos pelo salão. No final conseguiu dançar com ela. Mas estava tão perturbado que a única coisa que encontrou para dizer foi: "Você está dançando há muito tempo?" "Não. Por quê?", foi a curta resposta. Obi nunca foi muito bom dançarino, mas naquela noite se mostrou simplesmente horroroso. Pisou nos dedos de Clara mais ou menos quatro vezes no primeiro meio minuto. Depois disso, Clara concentrou toda sua atenção em afastar os pés na hora H. Assim que a música terminou, ela se afastou. Obi seguiu Clara, foi até onde ela estava sentada e disse: "Muito obrigado". Ela fez que sim com a cabeça, sem olhar para ele.

Só se viram de novo quase dezoito meses depois, no Harrington Dock, em Liverpool. Pois aconteceu que ambos estavam voltando para a Nigéria no mesmo dia e no mesmo navio. Era um cargueiro pequeno que levava doze passageiros e cinquenta tripulantes. Quando Obi chegou ao cais, os outros passageiros já haviam embarcado e concluído as formalidades alfandegárias. O funcionário da alfândega, baixo e careca, se mostrou muito simpático. Começou perguntando a Obi se havia tido uma estada feliz na Inglaterra. Tinha frequentado uma universidade lá? Devia ter achado o clima muito frio.

"No final, eu já não me importava muito com o clima", respondeu Obi, que aprendera que um inglês podia resmungar e se queixar do seu clima à vontade, mas não admitia que um estrangeiro fizesse a mesma coisa.

Quando entrou no saguão, Obi quase caiu duro ao ver Clara. Ela estava conversando com uma senhora mais velha e com um jovem inglês. Obi sentou-se com eles e se apresentou. A mulher idosa, cujo nome era sra. Wright, estava voltando de Freetown. O jovem se chamava Macmillan, um funcionário administrativo no norte da Nigéria. Clara se apresentou como srta. Okeke. "Creio que já nos vimos antes", disse Obi. Clara pareceu surpresa e um pouco hostil. "Num baile em Londres, promovido pelo Conselho Nacional da Nigéria e dos Camarões." "Sei", disse ela, com tanto interesse como se alguém lhe tivesse dito que estavam num navio no cais de Liverpool, e retomou sua conversa com a sra. Wright.

O navio partiu do porto às onze horas da manhã. Durante o resto do dia, Obi ficou sozinho, olhando para o mar ou lendo em sua cabine. Era sua primeira viagem no mar e ele já havia percebido que era infinitamente melhor do que viajar de avião. Acordou na manhã seguinte sem nenhum sinal do tão falado enjoo dos viajantes de navio. Tomou um banho quente antes que qualquer outro passageiro tivesse acordado e foi até a amurada para contemplar o mar. Na noite anterior, o mar tinha estado muito tranquilo. Agora se tornara um interminável deserto de montinhos serrilhados, inquietos, coroados de branco. Obi ficou de pé junto à amurada durante quase uma hora, bebendo no ar impoluto. "Desceram ao mar em seus navios...", recordou-se do Salmo. Hoje em dia, ele tinha muito pouca religião, mas mesmo assim se comovia profundamente.

Quando soou o gongo para o café da manhã, seu apetite estava tão vivo quanto o ar matinal. Os lugares onde cada um iria sentar tinham sido determinados no dia anterior. Havia uma grande mesa central para dez pessoas, e seis mesas pequenas para duas, dispostas nos lados da sala. Oito dos doze passageiros sentaram-se à mesa do meio, com o capitão na cabeceira e o chefe da casa de máquinas na outra ponta. Obi sentou-se entre Macmillan e um funcionário público nigeriano chamado Stpehen Udom. Bem na sua frente estava o sr. Jones, que era alguma coisa na United Africa Company. O sr. Jones sempre comia com empenho quatro dos cinco pratos servidos e então declarava para o garçom, com uma continência farisaica: "Só café", com ênfase na palavra "só".

Em contraste com o sr. Jones, o chefe da casa de máquinas mal chegava a tocar na comida. Quem olhasse sua cara pensaria que tinham servido para ele porções de purgante de sal amargo, ruibarbo e *mist alba*, um laxante para liberar a bile. Ele ficava com os ombros eretos, os braços encostados nos flancos do corpo, como se estivesse o tempo todo com medo de evacuar.

Clara sentou-se à esquerda do sr. Jones, mas Obi se recusava com firmeza a olhar na direção dela. Clara estava conversando com um funcionário do setor da educação de Ibadan, que lhe explicava a diferença entre língua e dialeto.

De início, a baía de Biscaia estava muito tranquila e serena. O navio agora rumava para um horizonte em que o céu era luz e que parecia transmitir uma vaga promessa de sol. A circunferência do mar não se fundia mais com o céu, mas continuava fazendo um profundo contraste, como uma gigantesca pista de asfalto de onde o avião de Deus poderia decolar. Depois, quando a tarde se aproximou, a paz e a lisura da água desapareceram de forma completamente repentina. A face do mar se contorceu com fúria. Obi sentiu-se um pouco tonto e desequilibrado. Quando desceu para o jantar, limitou-se a olhar para a comida. Um ou dois passageiros nem estavam presentes. Os outros comiam quase em silêncio.

Obi voltou para sua cabine e já estava indo deitar-se quando alguém bateu na sua porta. Ele abriu e era Clara.

"Notei que você parecia não estar muito bem", disse ela em ibo, "por isso vim lhe trazer algumas pastilhas de Avomine." Deu-lhe um envelope com meia dúzia de pastilhas brancas. "Tome duas antes de ir para a cama."

"*Muito* obrigado. É muita gentileza sua." Obi ficou intensamente emocionado e toda frieza e indiferença que havia pensado em demonstrar o abandonaram. "Mas...", balbuciou, "será que não estou privando você de..."

"Ah, não. Tenho o bastante para todos os passageiros do navio, essa é a vantagem de ter uma enfermeira a bordo." Ela sorriu de leve. "Acabei de dar algumas para a sra. Wright e para o sr. Macmillan. Boa noite, você vai sentir-se melhor de manhã."

Obi passou a noite inteira rolando de um lado da cama para o outro, em sintonia com os avanços intermitentes do pequeno navio, que gemia e rangia na escuridão. Obi não conseguia dormir nem ficar acordado. Mas de algum modo conseguiu pensar em Clara durante a maior parte da noite, alguns segundos de cada vez. Ele havia tomado a firme decisão de não demonstrar nenhum interesse por ela. E, no entanto, quando abriu a porta e viu Clara, sua alegria e sua confusão devem ter ficado muito evidentes. E Clara o tratou como se fosse apenas mais um de seus pacientes. "Tenho o bastante para todos os passageiros", disse ela. "Acabei de dar algumas para a sra. Wright e para o sr. Macmillan." Mas falou aquilo em ibo, pela primeira vez, como se quisesse dizer: "Nós estamos unidos: falamos a mesma língua". E ela parecera mostrar certa preocupação.

Na manhã seguinte, Obi acordou muito cedo, sentia-se um pouco melhor, mas ainda não estava bem de verdade. A tripulação já havia lavado o convés e ele quase escorregou na madeira molhada. Tomou sua posição favorita, junto à amurada. Depois ouviu os passos leves de uma mulher, virou-se e viu que era Clara.

"Bom dia", disse ele, com um largo sorriso.

"Bom dia", respondeu Clara, e fez menção de ir em frente.

"Muito obrigado pelas pastilhas", disse ele em ibo.

"Você se sentiu melhor com elas?", perguntou Clara em inglês.

"Sim, muito melhor."

"Que bom", disse ela e foi em frente.

Obi debruçou-se de novo na amurada a fim de contemplar o mar agitado, que agora parecia uma vastidão agreste, com rochedos pontiagudos, angulosos e em movimento. Pela primeira vez desde que partiram de Liverpool, o mar se tornou realmente azul; um azul sem nenhum matiz de chumbo, realçado pela crista branca e reluzente de inúmeras marolas que quebravam e estouravam umas contra as outras. Obi ouviu alguém pisar com força, de maneira brusca, e depois cair. Era Macmillan.

"Puxa, você está bem?", disse ele.

"Ah, não foi nada", respondeu o outro, rindo de modo tolo e tirando a poeira dos fundilhos molhados da calça.

"Eu mesmo quase caí", disse Obi.

"Cuidado, srta. Okeke", disse Macmillan quando Clara voltou. "O convés está muito traiçoeiro e eu acabei de levar um tombo." Ele ainda estava tirando a poeira dos fundilhos molhados.

"O capitão disse que amanhã vamos chegar a uma ilha", disse Clara.

"Sim, as ilhas da Madeira", disse Macmillan. "Amanhã ao anoitecer, eu acho."

"E já não era sem tempo", disse Obi.

"Você não gosta do mar?"

"Gosto, mas depois de cinco dias, quero variar um pouco." Obi Okonkwo e John Macmillan de repente ficaram amigos — no instante em que Macmillan levou um tombo no convés molhado. Pouco depois, jogaram pingue-pongue e pagaram drinques um para o outro.

"O que vai tomar, sr. Okonkwo?", perguntou Macmillan.

"Cerveja, por favor. Está ficando muito quente." Passou o polegar pelo rosto e sacudiu o suor da ponta do dedo.

"Não é mesmo?", disse Macmillan, e soprou o próprio peito. "Aliás, qual é seu prenome? O meu é John."

"O meu é Obi."

"Obi é um nome bonito. O que significa? Disseram-me que os nomes africanos sempre têm um significado."

"Bem, não posso dizer nada sobre os *nomes africanos*, só sobre os nomes em ibo. Muitas vezes significam frases compridas. Como aquele profeta da Bíblia que chamou seu filho de O Remanescente Há de Retornar."

"O que você foi estudar em Londres?"

"Inglês. Por quê?"

"Ah, eu só queria saber. E quantos anos tem? Desculpe se faço muitas perguntas."

"Vinte e cinco", respondeu Obi. "E você?"

"É estranho, porque eu também tenho vinte e cinco anos. Quantos anos acha que tem a srta. Okeke?"

"Mulheres e música não deveriam ter uma idade", disse Obi, sorrindo. "Eu diria uns vinte e três anos."

"Ela é linda, não acha?"

"Ah, sim, é linda mesmo."

As ilhas da Madeira estavam bem perto agora; duas horas, mais ou menos, disse alguém. Todos estavam na amurada do navio, pagando drinques uns para os outros. O sr. Jones de repente ficou poético. "Água, água para todo lado, mas nem uma gota para beber", cantarolou. Em seguida se tornou prosaico. "Que desperdício de água!", disse.

De súbito, Obi ficou chocado com a verdade daquilo. Que desperdício de água. Uma fração microscópica do Atlântico transformaria o Saara num pasto verdejante. O mundo estava longe de ser perfeito. Excesso de um lado e absolutamente nada do outro.

O navio ancorou em Funchal ao pôr do sol. Um barco pequeno se aproximou, com um jovem nos remos e mais dois meninos a bordo. O mais jovem não podia ter mais de dez anos, o outro, talvez doze. Queriam mergulhar para pegar moedas no fundo. Na mesma hora moedas começaram a voar do convés superior e a afundar no mar. Os meninos pegavam todas as moedas. Stephen Udom jogou um *penny*. Eles não se mexeram; não mergulhavam por tão pouco, disseram. Todos riram.

Quando o sol se pôs, os montes escarpados de Funchal, as árvores verdes, as casas com suas paredes brancas e telhas vermelhas pareceram uma ilha encantada. Assim que o jantar terminou, Macmillan, Obi e Clara foram juntos para terra firme. Caminharam por ruas calçadas de paralelepípedos, passaram por carros estranhos na fila de táxis. Passaram por dois bois que puxavam uma carroça que não era nada mais do que uma prancha lisa sobre rodas, com um homem e um saco de alguma coisa em cima. Entraram em pequenos jardins e parques.

"É uma cidade de jardins!", disse Clara.

Depois de mais ou menos uma hora, voltaram para a beira do mar. Sentaram-se debaixo de um enorme guarda-sol vermelho e verde e pediram café e vinho. Um homem se aproximou e lhes vendeu cartões-postais e em seguida sentou-se para falar a eles sobre o vinho Madeira. Sabia muito poucas palavras em inglês, mas não deixava nenhuma dúvida sobre aquilo que queria dizer.

"Vinho Las Palmas e vinho italiano pura água. Vinho Madeira, dois olhos, quatro olhos." Eles riram e ele riu. Depois o homem vendeu para Macmillan umas bugigangas vagabundas, que todos sabiam que iam ficar descoradas antes mesmo de voltarem ao navio.

"Sua namorada não vai gostar disso, sr. Macmillan", disse Clara.

"É para a esposa de meu mordomo", explicou ele. E acrescentou: "Detesto ser chamado de sr. Macmillan. Isso me dá sensação de que sou muito velho."

"Desculpe", disse ela. "É John, seu nome, não é? E você é Obi. Eu sou Clara."

Às dez horas, se levantaram para ir embora, pois o navio partiria às onze, ou pelo menos foi o que disse o capitão. Macmillan descobriu que ainda tinha algumas moedas portuguesas e pediu mais uma taça de vinho, que dividiu com Obi. Depois voltaram para o navio, enquanto Macmillan segurava a mão direita de Clara e Obi, a esquerda.

Os outros passageiros não tinham voltado e o navio parecia deserto. Eles se puseram junto à amurada e conversaram sobre

Funchal. Depois Macmillan disse que tinha de escrever uma carta importante. "Vejo vocês de manhã", disse.

"Acho que eu também tenho de escrever cartas", disse Clara.

"Para a Inglaterra?", perguntou Obi.

"Não, para a Nigéria."

"Não tem pressa", disse ele. "Você pode postar as cartas para a Nigéria até chegar a Freetown. Foi o que me disseram."

Ouviram Macmillan fechar a porta de sua cabine. Os olhos de ambos se encontraram por um segundo e, sem mais nenhuma palavra, Obi a tomou nos braços. Ela estava trêmula enquanto ele a beijava diversas vezes.

"Solte-me", sussurrou ela.

"Eu amo você."

Clara ficou em silêncio por um tempo, parecia derreter-se nos braços de Obi.

"Você não me ama", disse ela de repente. "Estamos só sendo tolos. De manhã, você vai me esquecer." Ela olhou para Obi e então o beijou com violência. "Sei que vou sentir ódio de mim mesma de manhã. Você não... Solte-me, alguém vem vindo."

Era a sra. Wright, a senhora africana de Freetown.

"Já voltaram?", perguntou ela. "Onde estão os outros? Não consegui dormir." De indigestão, explicou.

4.

À diferença de muitas outras embarcações, que atracavam no cais de Lagos em determinados dias da semana, os navios de carga eram muito imprevisíveis. Assim, quando o MV *Sasa* chegou, não havia amigos esperando os passageiros no Terminal do Atlântico. Nos dias em que chegavam os navios do correio, as bonitas e arejadas salas de espera ficavam cheias de amigos e parentes bem vestidos, que aguardavam a chegada de um navio bebendo cerveja gelada e Coca-Cola ou comendo pães doces. Às vezes se encontrava um grupo silencioso e tristonho à espera. Naqueles casos, podia-se apostar que seu filho tinha se casado com uma mulher branca na Inglaterra.

Não havia tal multidão à espera do MV *Sasa*, e estava bem claro que o sr. Stephen Udom ficou profundamente decepcionado. Assim que Lagos foi avistada, ele voltou a sua cabine para sair de lá, meia hora depois, de terno preto, chapéu de feltro e com um guarda-chuva fechado, embora fosse um dia quente de outubro.

As formalidades alfandegárias demoraram três vezes mais

que em Liverpool, e havia cinco vezes mais funcionários do que lá. Um jovem, quase um menino, na realidade, foi cuidar da cabine de Obi. Ele lhe disse que a taxa pela sua radiovitrola seria de cinco libras.

"Está certo", disse Obi, apalpando os bolsos do quadril. "Preencha uma nota fiscal para mim." O menino não preencheu. Olhou para Obi durante alguns segundos e depois respondeu: "Posso reduzir para duas libras para o senhor".

"Como?", perguntou Obi.

"Posso fazer isso, mas o senhor não vai ter a nota fiscal do governo."

Durante alguns segundos, Obi ficou sem palavras. Depois, limitou-se a dizer: "Não seja tolo. Se houvesse um policial aqui, eu denunciaria você para ele". O menino fugiu de sua cabine sem dizer mais nenhuma palavra. Obi o encontrou mais tarde, atendendo outros passageiros.

"A boa e velha Nigéria", disse Obi para si mesmo, enquanto aguardava que outro funcionário fosse à sua cabine. Veio um, no final, quando todos os outros passageiros tinham sido atendidos.

Se Obi tivesse voltado num navio do correio, a União Progressista de Umuofia (filial de Lagos) teria lhe proporcionado uma recepção de rei, no porto. De todo modo, ficou resolvido na reunião deles que seria promovida uma grande recepção, à qual seriam convidados repórteres e fotógrafos. Enviaram um convite também para o Serviço de Rádio Nigeriano, a fim de cobrir o acontecimento e registrar a Orquestra Vocal de Mulheres de Umuofia, que vinha ensaiando diversas canções novas.

A recepção ocorreu numa tarde de sábado às quatro horas, na Moloney Street, onde o presidente da União tinha dois cômodos. Todos se vestiram de maneira apropriada, de *aghada* ou ternos europeus, exceto o convidado de honra, que apareceu sem paletó, por causa do calor. Foi o erro Número Um de Obi. Todos esperavam que um jovem recém-chegado da Inglaterra fizesse uma aparição impressionante.

Depois das preces, o secretário da União leu o Discurso de Boas-Vindas. Ficou de pé, pigarreou, e começou a declamar em voz cantada, lendo numa enorme folha de papel.

"Discurso de Boas-Vindas proferido para Michael Obi Okonkwo, bacharel (com louvor), em Londres, pelos diretores e membros da União Progressista de Umuofia, por ocasião de seu regresso do Reino Unido, na busca do Tosão de Ouro.

"Senhor, nós, diretores e membros da mencionada União, apresentamos com humildade e gratidão este símbolo de nosso apreço por seu excepcional aproveitamento acadêmico, sem precedentes..."

Falou sobre a grande honra que Obi tinha trazido à velha cidade de Umuofia, que agora podia equiparar seu grau de civilidade ao de outras cidades, em sua marcha rumo à redenção política, igualdade social e emancipação econômica.

"A importância de ter um de nossos filhos na vanguarda desta marcha rumo ao progresso é algo nada menos que axiomático. Nosso povo tem um ditado: 'O nosso é nosso, mas o meu é meu'. Todas as cidades e vilarejos, nesta época crucial de nossa evolução política, lutam para possuir algo sobre o qual possam dizer: 'Isto é meu'. Estamos felizes porque hoje somos donos de um valioso patrimônio do mesmo tipo, na pessoa de nosso ilustre filho e convidado de honra."

Fez um resumo da história do Programa da Bolsa de Estudos de Umuofia, que permitira que Obi fosse estudar além-mar, e chamou aquilo de um investimento que haveria de gerar polpudos rendimentos. Em seguida referiu-se (de modo muito indireto, é claro) à regra segundo a qual o beneficiário de tal programa deveria reembolsar em quatro anos o dinheiro investido em seus estudos, de modo que "um interminável fluxo de estudantes poderá beber a fundo na Fonte Piéria do conhecimento". Desnecessário dizer que tal discurso foi interrompido repetidas vezes por aplausos e gritos de viva. Que jovem sagaz era o secretário, diziam todos. Ele mesmo bem que merecia ir para a Inglaterra. Ele escrevia o tipo de inglês que as pessoas admiravam, mesmo que não compreendessem: o tipo de inglês que enchia a boca, como a famosa carne-seca.

A linguagem de Obi, por outro lado, nada tinha de impressionante. Usava as formas simples dos verbos. Explicava para eles o valor da educação. "Educação para o serviço, não para os empregos burocráticos e para os altos salários. Com nosso grande país no limiar da independência, precisamos de homens preparados para servi-lo bem e com sinceridade."

Quando sentou, a plateia aplaudiu por educação. Erro Número Dois.

Cerveja gelada, água mineral, vinho de palma e biscoitos foram servidos e as mulheres começaram a cantar sobre Umuofia e sobre Obi Okonkwo *nwa jelu oyibo* — Obi que tinha ficado na terra dos brancos. O refrão dizia várias vezes que o poder do leopardo reside em suas garras.

"Eles já lhe deram um emprego?", perguntou o diretor para Obi, durante a música. Na Nigéria, o governo era chamado de "eles". Nada tinha a ver com você ou comigo. Era uma instituição alheia, e a atividade central do povo consistia em obter o máximo possível deles, sem se meter em alguma encrenca.

"Ainda não. Vou fazer uma entrevista na segunda-feira."

"É claro que aqueles que conhecem os livros não vão ter nenhum problema", disse o vice-presidente, à esquerda de Obi. "De outro modo, eu sugeriria que você *visse* alguns dos homens antecipadamente."

"Não vai ser necessário", disse o presidente, "pois na maioria são homens brancos."

"Você acha que homens brancos não aceitam propinas? Venha ao nosso departamento. Hoje em dia eles recebem mais propinas do que os negros."

Depois da recepção, Joseph levou Obi para jantar no Bosque das Palmas. Era um restaurante pequeno e bonito, não muito popular nas noites de sábado, quando os lagosianos procuravam um tipo de diversão mais encorpado. Havia um punhado de pessoas na sala de espera — mais ou menos uma dúzia de europeus e três africanos.

"Quem é o dono deste lugar?"

"Acho que é um sírio. Eles são donos de tudo em Lagos", disse Joseph.

Sentaram-se numa das mesas vagas no canto, mas notaram que estavam bem embaixo de um ventilador de teto e se mudaram para outra mesa. Vinha uma luz suave de globos grandes, em redor dos quais insetos dançavam furiosamente. Talvez não notassem que cada globo continha um grande número de cadáveres de insetos que, como eles mesmos, haviam dançado ali algum dia. Ou, se notaram, não se importavam com aquilo.

"Serviço!", chamou Joseph com ar importante, e um garçom surgiu, de jaleco branco e calça comprida branca, uma faixa vermelha na cintura e um fez vermelho na cabeça. "O que o senhor vai querer?", perguntou para Obi. O garçom curvou-se para a frente, à espera.

"Na verdade, acho que não quero beber mais nada."

"Bobagem. O dia ainda está começando. Tome uma cerveja gelada."

Virou-se para o garçom. "Duas Heineken."

"Ah, não. Uma é o bastante. Vamos dividir uma cerveja."

"Duas Heineken", repetiu Joseph, e o garçom foi até o bar e logo voltou trazendo duas garrafas em uma bandeja.

"Aqui servem comida nigeriana?"

Joseph ficou surpreso com a pergunta. Nenhum restaurante decente servia comida nigeriana. "Você quer comida nigeriana?"

"Claro. Estou morrendo de vontade de comer purê de inhame e sopa de folhas de assa-peixe. Na Inglaterra, a gente improvisava com semolina, mas não é a mesma coisa."

"Vou pedir ao meu empregado que prepare para você purê de inhame amanhã à tarde."

"Bom homem!", disse Obi, animando-se bastante. Em seguida, acrescentou em inglês, em homenagem ao grupo europeu sentado na mesa vizinha: "Estou enjoado de batatas fervidas." Ao chamar o prato de batatas "fervidas", Obi esperava ter sublinhado toda a repulsa que sentia.

Uma mão branca agarrou sua cadeira por trás. Obi virou-se depressa e viu que era a velha administradora que se escorava nas cadeiras a fim de equilibrar-se em sua caminhada instável. Devia ter bem mais de setenta anos, se não tivesse oitenta. Cambaleou até o outro lado do saguão e foi para trás do balcão. Em seguida, apareceu de novo, segurando um trêmulo copo de leite.

"Quem foi que deixou aquele pano de chão ali?", perguntou ela, apontando um vacilante dedo da mão esquerda para um tapete amarelo no chão.

"Não sei", disse o garçom que tinha sido o alvo da pergunta.

"Tire já dali", grasnou ela. No esforço para dar ordens, esqueceu-se do copo de leite. Ele oscilou em sua mão hesitante e derramou um pouco de leite em seu alinhado vestido florido. Foi até um assento no canto e afundou ali, gemendo e rangendo como uma máquina velha que enferrujou depois de ficar um tempo na chuva. Devia ser o cantinho predileto da velha senhora, porque a gaiola de seu papagaio ficava bem em cima. Assim que ela sentou, o papagaio emergiu de sua gaiola sobre uma vareta saliente, baixou o rabo e defecou, e a velha senhora escapou de ser alvejada por apenas três milímetros. Obi ergueu-se de leve em sua cadeira para ver a sujeira no chão. Mas não havia sujeira nenhuma. Tudo era esplendidamente organizado. Havia uma bandeja ao lado da cadeira da velha senhora, quase cheia de excrementos molhados.

"Não creio que o restaurante pertença a um sírio", disse Obi. "Ela é inglesa."

Pediram carnes grelhadas, prato que Obi reconheceu que não estava tão ruim assim. Mas Obi continuava intrigado, sem saber por que Joseph não o havia hospedado como ele havia pedido, antes de partir da Inglaterra. Em vez disso, a União Progressista de Umuofia providenciara, à sua própria custa, que ele ficasse num hotel, não especialmente bom, de propriedade de um nigeriano, nos arredores de Yaba.

"Você recebeu minha última carta da Inglaterra?"

Joseph disse que sim. Assim que recebeu a carta, discutiu sobre o assunto com o executivo na UPU e ficou acertado que Obi seria instalado de maneira adequada num hotel. Como se lesse os pensamentos de Obi, explicou: "Você sabe que moro num quarto só".

"Bobagem", disse Obi. "Vou sair daquele hotel sórdido amanhã mesmo, de manhã, e me mudo para sua casa."

Joseph ficou espantado, mas também muito satisfeito. Tentou levantar outra objeção, mas ficou evidente que não era sincero.

"O que vão dizer as pessoas de outras cidades quando souberem que um filho de Umuofia voltou da Inglaterra e dividiu um quarto em Obalende?"

"Que digam o que quiserem."

Comeram em silêncio durante um tempo e depois Obi falou: "Nosso povo tem um longo caminho para percorrer". Ao mesmo tempo que dizia isso, Joseph começou também a dizer alguma coisa, mas parou.

"Sim, você ia dizer alguma coisa."

"Eu disse que acredito no destino."

"Acredita mesmo? Por quê?"

"Lembra-se do sr. Anene, nosso professor no primário, que dizia que você iria para a Inglaterra? Você era tão pequeno, com o nariz sempre escorrendo, e mesmo assim, no fim de todo período letivo, você estava na frente de todos os outros alunos. Lembra que a gente chamava você de Dicionário?"

Obi ficou muito confuso porque Joseph estava falando em voz muito alta.

"Na verdade, meu nariz continua escorrendo. Dizem que é a febre do feno."

"E então", disse Joseph, "você escreveu aquela carta para o Hitler."

Obi riu com uma de suas raras gargalhadas sonoras. "Nem sei o que foi que deu em mim. Às vezes ainda paro para pensar naquilo. O que era Hitler para mim, ou eu para Hitler? Imagino que eu tivesse pena dele. E eu não gostava de ir arar o mato todos os dias para catar coquinhos de palma, o nosso quinhão no 'Esforço para Vencer a Guerra'." De repente, Obi ficou sério. "E quando a gente para para pensar no assunto, foi uma coisa muito imoral o diretor da escola dizer toda manhã para crianças tão pequenas que cada coquinho de palma que elas pegavam era para pagar um prego do caixão de Hitler."

Voltaram da sala de jantar para o saguão. Joseph ia pedir mais uma cerveja, mas Obi recusou com firmeza.

De onde estava sentado, Obi podia ver os carros que passavam na Broad Street. Um comprido De Soto parou exatamente na porta e um jovem de boa aparência entrou no saguão. Todos se viraram para olhar para ele e sons baixos e sibilantes encheram a sala, como se cada pessoa dissesse para quem estava a seu lado que aquele era o ministro de Estado.

"Aquele é o honorável Sam Okoli", sussurrou Joseph. Mas Obi, de repente, parecia ter sido atingido por um raio, enquanto olhava para o De Soto na penumbra.

O honorável Sam Okoli era um dos políticos mais populares em Lagos e na Nigéria Oriental, onde residia seu eleitorado. Os jornais o chamavam de o cavalheiro mais bem vestido em Lagos e o solteiro mais cobiçado. Embora tivesse seguramente bem mais de trinta anos de idade, conservava o aspecto de um rapaz recém-saído da faculdade. Era alto e atlético e tinha um sorriso radiante para todos. Atravessou o bar e pagou uma latinha de Chirchman's. Durante todo o tempo, o olhar de Obi estava fixo na rua, lá fora, onde Clara aguardava confortavelmente no De Soto. Ele havia captado apenas um rápido olhar de relance de Clara. Talvez nem fosse ela, na verdade. O ministro voltou para o carro e, quando abriu a porta, a débil luz interna banhou de novo o estofamento de luxo. Não havia dúvida agora. Era mesmo Clara.

"Qual é o problema?"

"Nada. Eu conheço aquela garota, só isso."

"Da Inglaterra?"

Obi fez que sim com a cabeça.

"O bom e velho Sam! Ele não poupa nenhuma."

5.

A teoria de Obi de que o serviço público da Nigéria ia continuar corrupto até que os velhos africanos no primeiro escalão fossem substituídos por jovens oriundos das universidades foi formulada pela primeira vez num trabalho lido para a União de Estudantes Nigerianos em Londres. Porém, à diferença da maior parte das teorias criadas por estudantes em Londres, aquela sobreviveu ao primeiro impacto da volta para a terra natal. De fato, um mês após seu regresso, Obi topou com dois exemplos clássicos do seu conceito de velho africano.

Encontrou o primeiro na Comissão do Serviço Público, onde foi entrevistado por um conselho na tentativa de obter um emprego. Felizmente para Obi, ele já havia criado uma impressão favorável no conselho antes que aquele homem ficasse irritado.

Aconteceu que o diretor da Comissão, um inglês gordo e bem-humorado, tinha muita simpatia pela poesia moderna e pelo romance moderno e gostava de conversar sobre o assunto. Os demais quatro membros — um europeu e três africanos —, como nada sabiam a respeito daquele aspecto da vida, ficaram devidamente impressionados. Ou talvez devamos dizer, para sermos mais exatos, que três deles ficaram devidamente impressionados, porque o quarto dormiu durante todo o tempo da entrevista, o que à primeira vista poderia parecer algo sem a menor importância, não fosse aquele cavalheiro o único representante de uma das três regiões da Nigéria. (Em benefício da unidade nigeriana, a região não deve aqui ser nomeada.)

A conversa do diretor com Obi tratou de autores desde Graham Greene até Tutola e levou quase meia hora. Obi disse depois que ele havia falado uma porção de absurdos, mas era um tipo de absurdo impressionante e erudito. Obi surpreendeu até a si mesmo, quando seu discurso começou a fluir.

"O senhor diz que é um grande admirador de Graham Greene. O que acha de *O coração da matéria?*"

"O único romance sensato escrito por um europeu acerca da África Ocidental e um dos melhores romances que já li." Obi fez uma pausa e depois acrescentou, quase como uma ressalva: "Só que quase se perde completamente por causa do final feliz".

O diretor ergueu os ombros em sua cadeira.

"Final feliz? Tem certeza de que está pensando em *O coração da matéria?* O policial europeu comete suicídio."

"Talvez final feliz seja uma expressão forte demais, no entanto não consigo expressar de outra forma. O policial fica dividido entre seu amor por uma mulher e seu amor a Deus, e comete suicídio. É simples demais. A tragédia não é nem de longe assim. Eu me lembro de um velho em meu vilarejo natal, um cristão convertido, que sofreu várias calamidades seguidas. Dizia que a vida era como uma tigela de absinto, que a gente bebe um pouquinho de cada vez, para sempre. Ele compreendia a natureza da tragédia."

"Você acha que o suicídio estraga a tragédia", disse o diretor.

"Sim. A tragédia de verdade nunca se resolve. Prossegue

para sempre sem esperança. A tragédia convencional é muito fácil. O herói morre e nós nos sentimos purgados de nossas emoções. Uma tragédia de verdade se passa numa esquina, num local sujo, para citar W. H. Auden. O resto do mundo não tem consciência daquilo. Assim como aquele homem em *Um punhado de pó* que fica lendo Dickens para o sr. Todd. Não existe libertação para ele. Quando a história termina, ele ainda está lendo. Não existe purgação das emoções para nós, porque não estamos lá."

"Isso é extremamente interessante", disse o diretor. Em seguida olhou em redor da mesa e perguntou aos outros membros se tinham alguma pergunta para o sr. Okonkwo. Todos responderam que não, menos o homem que estivera dormindo.

"Por que o senhor quer um emprego no serviço público? É para poder receber propinas?", perguntou.

Obi hesitou. Seu primeiro impulso foi dizer que aquela era uma pergunta idiota. Em vez disso, respondeu: "Não sei como o senhor espera que eu responda a essa pergunta. Mesmo que minha motivação fosse receber propinas, o senhor não esperaria que eu admitisse isso diante deste conselho. Portanto, não creio que seja uma pergunta muito útil".

"Não cabe ao senhor decidir que pergunta é útil ou não, sr. Okonkwo", disse o diretor, tentando, sem sucesso, mostrar-se rigoroso. "De todo modo, o senhor receberá notícias nossas no devido tempo. Bom dia."

Joseph não ficou muito feliz quando Obi lhe fez o relato da entrevista. Sua opinião era de que um homem que precisava de emprego não podia se dar ao luxo de se indignar.

"Bobagem!", disse Obi. "É isso que eu chamo de mentalidade colonial."

"Chame como quiser", disse Joseph em ibo. "Você estudou mais do que eu, mas sou mais velho e mais prudente. E posso garantir a você que um homem não deve desafiar seu *chi* para uma luta corpo a corpo."

O empregado doméstico de Joseph, Mark, trouxe arroz e um cozido e os dois imediatamente começaram a comer. Depois ele atravessou a rua na direção de uma loja onde vendiam garrafas de água gelada por um *penny* e comprou duas, o tempo todo com uma mancha de fuligem na ponta do nariz. Ele estava com os olhos um pouco vermelhos e molhados, de tanto soprar a lenha para avivar o fogo.

"Você sabe que mudou muito em quatro anos", disse Obi, depois de ficarem um tempo comendo em silêncio. "Antes você tinha dois interesses: política e mulheres."

Joseph sorriu. "Não se pode fazer política de barriga vazia."

"De acordo", respondeu Obi, com jovialidade. "E quanto às mulheres? Já estou aqui faz dois dias e ainda não vi mulher nenhuma."

"Não contei para você que vou me casar?"

"E daí?"

"Quando a gente pagou cento e trinta libras para a família da noiva e não passa de um funcionário de segunda classe, descobre que não tem mais nada para gastar com outras mulheres."

"Quer dizer que teve de pagar cento e trinta libras? Mas e a lei que proíbe o pagamento para a família da noiva?"

"Só serviu para aumentar os preços e mais nada."

"É uma pena que minhas três irmãs mais velhas tenham se casado tão cedo e a gente não tenha podido ganhar algum dinheiro com elas. Vamos tentar recuperar o prejuízo com as outras."

"Não se trata de um assunto para piadas", disse Joseph. "Espere só até você querer casar. Na certa vão pedir para você pagar quinhentas libras, quando virem que está no serviço público de primeira classe."

"Mas eu não estou no serviço público de primeira classe.

Você mesmo estava me dizendo que eu não vou conseguir o emprego porque falei para aquele idiota o que eu achava dele. De todo modo, com ou sem o emprego, não vou pagar quinhentas libras por uma esposa. Não vou pagar nem cem libras, nem cinquenta."

"Não está falando sério", disse Joseph. "A menos que vá ser um reverendo."

Enquanto esperava o resultado de sua entrevista, Obi fez uma breve visita a Umuofia, sua cidade natal, a oitocentos quilômetros, na região oriental. A viagem em si não foi muito empolgante. Embarcou num caminhão-ônibus chamado Para a Vontade de Deus não Tem Apelação e viajou na primeira classe, o que significa que dividiu o banco da frente com o motorista e com uma mulher e um bebê. Os bancos de trás foram tomados por vendedores que viajavam regularmente entre Lagos e a famosa feira de Onitsha, na margem do rio Níger. O caminhão estava tão carregado que os vendedores nem tinham espaço para pôr as pernas para fora. Sentavam-se com os pés na mesma altura que as nádegas, os joelhos levantados até o queixo, como frangos assados. Mas não pareciam se importar com aquilo. Divertiam-se com canções alegres e obscenas, dirigidas em geral a mulheres jovens que haviam se tornado enfermeiras ou professoras, em vez de mães de família.

O motorista do caminhão era um homem muito calado. Estava sempre comendo noz-de-cola ou fumando cigarro. A cola era para manter-se acordado à noite, porque a viagem começava no fim da tarde, levava a noite inteira e terminava de manhã cedo. De vez em quando pedia para Obi riscar um fósforo e acender um cigarro para ele. Na verdade foi Obi quem se ofereceu para fazer aquilo na primeira vez. Ficou assustado ao ver o homem controlando o volante só com os cotovelos, enquanto usava as mãos para procurar um fósforo.

Mais ou menos uns sessenta quilômetros depois de Ibadan, o motorista falou de repente: "M... é a polícia!". Obi notou dois policiais na margem da estrada, uns trezentos metros adiante, fazendo sinal para o caminhão parar.

"Seus documentos?", disse um deles para o motorista. Foi nessa altura que Obi percebeu que o banco onde estavam sentados era também uma espécie de cofre para guardar dinheiro e documentos de valor. O motorista pediu aos passageiros para se levantarem. Destrancou a caixa e pegou um maço de papéis. O policial observou as folhas com ar crítico. "Onde está sua licença para dirigir na estrada?" O motorista mostrou-lhe sua licença.

Enquanto isso o parceiro do motorista se aproximou do outro policial. Mas na hora em que ia passar algo para a mão do policial, Obi olhou fixamente na direção deles. O policial não estava preparado para correr riscos, não sabia se Obi era um agente do Departamento de Investigação Criminal. Então ele afastou o parceiro do motorista com grande indignação. "O que é que você quer? Vá embora?" Enquanto isso, o outro policial tinha achado uma falha nos documentos do motorista e estava anotando seus dados pessoais, enquanto o motorista suplicava em vão. Por fim, ele partiu, ou pelo menos foi o que pareceu. Mais ou menos meio quilômetro à frente, ele parou na estrada.

"Por que você ficou encarando o homem quando a gente queria dar para ele dois *shillings*?", perguntou para Obi.

"Porque ele não tem direito de tomar dois *shillings* de você", respondeu Obi.

"É por isso que eu não gosto de levar gente instruída", reclamou. "Só servem para criar confusão. Por que você mete seu nariz no que não é da sua conta? Agora o policial vai me multar em dez *shillings*."

Foi só alguns minutos depois que Obi se deu conta do motivo por que haviam parado. O parceiro do motorista tinha voltado correndo ao encontro dos policiais, sabendo que se mostrariam mais flexíveis quando não houvesse nenhum desconhecido olhando para eles. Dali a pouco o homem voltou ofegante de tanto correr.

"Quanto eles levaram?", perguntou o motorista.

"Dez *shillings*", suspirou o ajudante do motorista.

"Está vendo só?", disse para Obi, que já estava começando a sentir-se um pouco culpado, ainda mais porque todos os vendedores atrás, já sabendo do que havia acontecido, haviam transferido suas críticas das garotas que tinham uma profissão para os jovens "instruídos demais". Durante o resto da viagem, o motorista não lhe disse mais nenhuma palavra.

"Que estábulo de Áugias!", sussurrou para si mesmo. "Por onde se deve começar? Pelas massas? Educar as massas?" Balançou a cabeça. "Não há a menor chance. Vai levar séculos. Um punhado de homens no topo. Ou até um homem só, com visão... um ditador esclarecido. Hoje em dia as pessoas morrem de medo da palavra. Mas que tipo de democracia pode existir lado a lado com tanta corrupção e ignorância? Talvez um meio-termo... uma espécie de adaptação." Quando seu raciocínio chegou a esse ponto, Obi recordou que a Inglaterra tinha sido igualmente corrupta não fazia tanto tempo assim. Obi não estava em condições de raciocinar de forma contínua. Sua mente ansiava perambular por uma paisagem mais agradável.

Agora a jovem sentada à sua esquerda dormia, apertando o bebê com força contra o peito. Estava viajando para Benin. Era tudo o que Obi sabia sobre ela. Não falava uma só palavra de inglês e Obi não sabia falar bini. Ele fechou os olhos e imaginou que ela fosse Clara, que seu joelho tocasse no joelho dela. Não deu certo.

Por que Clara insistia tanto em dizer que Obi não podia ainda contar para sua família a respeito dela? Será que era porque Clara ainda não tinha decidido a sério que queria casar com ele? Não podia ser isso. Ela estava tão ansiosa quanto ele mesmo para formalizar o noivado, só que dizia que Obi não devia chegar ao ponto de gastar seu dinheiro comprando um anel, antes de conseguir um emprego. Talvez Clara quisesse contar primeiro para a família dela. Mas, se era isso, por que tanto mistério? Por que ela não disse simplesmente que ia primeiro consultar sua família? Ou quem sabe Clara não era tão ingênua quanto Obi imaginava e estava usando aquele suspense para amarrá-lo a ela com mais força ainda. Obi examinou todas as possibilidades, uma por uma, e rejeitou-as.

À medida que a noite avançava, o ar impetuoso primeiro ficou frio e refrescante e depois gelado. O motorista pegou um boné sujo, de pano marrom, no meio da massa de trapos sobre a qual estava sentado e cobriu a cabeça. A jovem de Benin amarrou de novo seu xale a fim de cobrir as orelhas. Obi tinha um velho paletó esporte que havia comprado em seu primeiro ano na Inglaterra. Até agora, ele o havia usado para tornar mais macio o encosto de madeira do banco. Jogou o paletó sobre os ombros e as costas. Mas os pés e as pernas agora eram as únicas partes que de fato se sentiam confortáveis. O calor do motor, que antes era um pouco incômodo, fora suavizado pelo ar gelado, e até acariciava com brandura os pés e as pernas.

Obi começava a sentir sono e seus pensamentos ficavam cada vez mais eróticos. Dizia em pensamento palavras que não podia dizer em voz alta, mesmo quando estava sozinho. De maneira muito estranha, todas as palavras eram na sua língua materna. Obi podia pronunciar qualquer palavra em inglês, por mais obscena que fosse, mas algumas palavras em ibo simplesmente não saíam de sua boca. Não havia dúvida de que tal censura era exercida por seus primeiros anos de educação, as palavras inglesas passavam através do filtro porque foram aprendidas numa fase posterior da vida.

Obi continuou em seu estado semiadormecido até o motorista parar o caminhão de repente na beira da estrada, esfregar os olhos e anunciar que havia dormido ao volante uma ou duas vezes. Todos, como é natural, ficaram preocupados e tentaram se mostrar solícitos.

"Você não tem noz-de-cola para comer?", perguntou um dos vendedores atrás.

"O que você acha que estou comendo desde a tarde?", perguntou o motorista. "Não estou entendendo por que estou com sono. Na verdade, também não dormi na noite passada, mas não é a primeira vez que faço isso." Todos concordaram que dormir era um fenômeno totalmente absurdo.

Depois de dois ou três minutos de conversa generalizada sobre o assunto, o motorista mais uma vez seguiu seu caminho com a promessa e a determinação de fazer o melhor de que era capaz. Quanto a Obi, o sono tinha abandonado seus olhos na hora em que o motorista parou o caminhão. Sua mente clareou de imediato, como se o sol tivesse subido e secado o orvalho que havia baixado sobre ela.

Os vendedores desataram sua cantoria outra vez, agora não havia nada de obsceno nas músicas. Obi sabia o refrão, tentava traduzir para o inglês, e pela primeira vez seu significado real se revelou para ele.

O genro foi visitar o sogro
Oyiemu-o
O genro segurou e matou o sogro
Oyiemu-o
Traz a canoa, traz o remo

Oyiemu-o
O remo fala inglês
Oyiemu-o.

À primeira vista, não havia nenhum tipo de lógica nem sentido na canção. Mas quando Obi a examinou repetidas vezes em seu pensamento, ficou chocado com a riqueza das associações que mesmo uma canção tão medíocre podia conter. Antes de tudo, era inconcebível que um genro agarrasse seu sogro e o matasse. Para a mente ibo, aquilo era o cúmulo da traição. Os velhos não diziam que o sogro de um homem era seu *chi*, seu deus pessoal? Contraposto a isso, havia uma outra grande traição; um remo que de repente começa a falar uma língua que o senhor do remo, o pescador, não compreende. Em suma, pensou Obi, o refrão da canção era "o mundo de pernas para o ar". Obi ficou satisfeito com sua exegese e passou a procurar em seu pensamento outras canções que pudessem receber o mesmo tratamento. Mas a canção dos vendedores agora soava tão alta e tão cortante que Obi não conseguia se concentrar em suas ideias.

Hoje em dia, ir para a Inglaterra virou lugar-comum, como ir para o campo. Mas há cinco anos era diferente. O regresso de Obi para seu vilarejo foi quase um festival. Um carro "de luxo" o esperava em Onitsha para levá-lo em condições adequadas para Umuofia, a uns oitenta quilômetros de distância. Mas, antes de partir, Obi teve alguns minutos para dar uma olhada em redor da grande feira de Onitsha.

A primeira coisa que chamou sua atenção foi um jipe aberto que tocava canções locais, em alto volume, por um conjunto de alto-falantes. Dois homens dentro do veículo se balançavam ao ritmo da música, assim como muitos outros na multidão que se reunira em torno do jipe. Obi se perguntava o que seria tudo aquilo, quando a música parou de repente. Um dos homens ergueu uma garrafa para que todos vissem. Continha o Elixir da Longa Vida, disse ele, e começou a expor para a multidão todas as propriedades da bebida. Ou melhor, disse-lhes poucas coisas a respeito dela, pois era impossível enumerar todas as suas incríveis virtudes. O outro homem pegou um punhado de folhetos e distribuiu para as pessoas da multidão, que em sua maioria pareciam analfabetas. "Este folheto vai contar para vocês algumas coisas a respeito do Elixir da Longa Vida", declarou. Estava perfeitamente claro que, se havia no folheto alguma coisa sobre a bebida, então aquilo devia ser a verdade. Obi apanhou um dos folhetos e leu a lista das doenças. As primeiras três eram: "reumatismo, febre amarela, mordida de cachorro".

No outro lado da estrada, perto do mar, uma fila de mulheres sentadas vendiam *garri* em enormes tigelas brancas esmaltadas. Apareceu um mendigo. Devia ser alguém bem conhecido, porque muita gente o chamava pelo nome. Talvez ele também fosse um pouco maluco. Seu nome era Mão Única. Trazia uma bacia esmaltada e começou um giro pela fila de mulheres. As mulheres batucavam no mesmo ritmo com xicarazinhas vazias enquanto Mão Única dançava ao longo da fileira de mulheres e em troca recebia de cada uma um punhado de *garri* na sua bacia. Quando chegou ao fim da fila de mulheres, tinha recebido *garri* suficiente para duas refeições completas.

Bandas de música percorreram três quilômetros e meio na estrada de Umuofia para Onitsha a fim de esperar a chegada de Obi. Havia pelo menos cinco grupos diferentes, se excluirmos a banda de metais da Escola Central da Sociedade da Igreja Missionária de Umuofia. Dava a impressão de que a cidade inteira estava celebrando uma festa. Aqueles que não aguardavam na beira da estrada, sobretudo pessoas de mais idade, já estavam chegando em grande número ao conjunto residencial onde morava o sr. Okonkwo.

O único problema era que podia chover. De fato, muita gente quase desejava que chovesse com força, para mostrar para Isaac Okonkwo que o cristianismo o havia deixado cego. Era o único homem que não conseguia enxergar que, em ocasiões como aquela, ele devia levar vinho de palma, um galo e algum dinheiro para o homem que fazia chover em Umuofia.

"Ele não é o único cristão que já vimos", disse um dos homens. "Mas é que nem o vinho de palma que a gente bebe. Algumas pessoas conseguem beber e continuar com a cabeça no lugar. Já outras perdem a noção das coisas."

"É verdade, é verdade", disse um outro. "Quando um novo ditado chega à terra dos homens vazios, eles perdem a cabeça por causa disso."

Naquele exato momento, Isaac Okonkwo estava tendo uma discussão sobre a capacidade de fazer chover com um dos velhos que tinha vindo festejar com ele.

"Talvez você também queira me dizer que um homem não pode mandar um trovão contra seus inimigos, não é?", perguntou o velho.

O sr. Okonkwo lhe disse que acreditar em tal coisa era mascar a goma da tolice. Era enfiar a própria cabeça dentro de um caldeirão.

"Aquilo que Satã realizou neste nosso mundo é de fato uma coisa formidável", disse ele. "Pois só ele é capaz de introduzir uma ideia tão abominável como essa na barriga dos homens."

O velho esperou com paciência que ele terminasse e então disse:

"Você não é um estranho em Umuofia. Já ouviu nossos anciãos dizerem que o trovão não pode matar um filho ou uma filha de Umuofia. Por acaso conhece alguém, agora ou no passado, que já foi morto por um trovão?"

Okonkwo teve de admitir que não tinha conhecimento de tal pessoa. "Mas isso é obra de Deus", disse ele.

"É obra de nossos ancestrais", disse o velho. "Eles criaram um remédio poderoso para se proteger do trovão, e não só a si mesmos, mas também todos os seus descendentes, e para sempre."

"É verdade", disse o outro homem. "Qualquer um que negar isso o fará em vão. Que ele vá e pergunte para Nwokeke como ele foi atingido por um trovão no ano passado. Toda sua pele descascou, como uma cobra se desfaz de seu couro, mesmo assim ele não morreu."

"Mas afinal por que ele foi atingido?", perguntou Okonkwo. "Ele nem deveria ter sido atingido por um trovão."

"Isso é uma questão entre ele e seu *chi*. Mas você deve saber que ele foi atingido em Mbaino e não em sua casa. Talvez o trovão, ao vê-lo em Mbaino, no início achou que era um homem de Mbaino."

Quatro anos na Inglaterra haviam deixado Obi cheio de desejo de voltar para Umuofia. Tal sentimento às vezes era tão forte que ele se via com vergonha até de estudar inglês para tirar seu diploma. Falava ibo toda vez que surgia a menor oportunidade. Nada lhe dava maior prazer do que encontrar, num ônibus em Londres, algum estudante que falasse ibo. Mas quando tinha de falar inglês com um estudante nigeriano de outra tribo, Obi baixava a voz. Era humilhante ter de falar com um compatriota numa língua estrangeira, sobretudo na presença dos orgulhosos donos daquela língua. Naturalmente supunham que eles não possuíam uma língua própria. Obi gostaria que estivessem ali hoje para ver. Seria bom se viessem a Umuofia agora e ouvissem a fala de homens que executavam a suprema arte da conversação. Seria bom se viessem e vissem homens, mulheres e crianças que sabiam como viver, cujo prazer de viver ainda não tinha sido morto por aqueles que pretendiam ensinar às outras nações como se devia viver.

Havia centenas de pessoas na recepção de Obi. Antes de mais nada, a equipe inteira e todos os alunos da Escola Central da Sociedade da Igreja Missionária de Umuofia estavam presentes, e sua banda de metais tinha acabado de tocar "Velho Calabar". Tinham também tocado uma antiga canção evangélica que, nos tempos de escola de Obi, as crianças das escolas protestantes cantavam com outra letra de sentido anticatólico, sobretudo no Dia do Império, quando protestantes e católicos competiam nas provas esportivas.

Otasili osukwu Onyenkuzi Fada
E misisi ya oli awo-o.

Que traduzido significava:

Comedor do fruto da palma, professor católico romano,
Sua mulher é uma devoradora de sapos.

Depois dos primeiros quatrocentos apertos de mão e dos primeiros cem abraços, Obi pôde sentar-se por um tempo no salão, com os parentes mais velhos de seu pai. Não havia cadeiras suficientes para todos, e assim muitos sentaram em suas peles de cabra sobre o chão. Não fazia grande diferença sentar numa cadeira ou no chão, porque mesmo os que sentavam em cadeiras estendiam suas peles de cabra sobre elas.

"O país dos brancos deve ficar mesmo muito longe", sugeriu

um dos homens. Todos sabiam que era muito distante, mas queriam ouvir aquilo de novo, da boca de um de seus parentes jovens.

"Não é uma coisa que se possa contar", disse Obi. "Levei dezesseis dias num navio dos homens brancos, quatro semanas de dias de trabalho,* para fazer a viagem."

"Imagine só", disse um dos homens para os outros. "Quatro semanas de dias de trabalho. E não foi numa canoa e sim num navio de homem branco, que corre na água que nem a cobra corre no capim."

"Às vezes, durante uma semana de trabalho inteira, não se podia ver terra nenhuma", disse Obi. "Terra nenhuma na frente, atrás, à direita e à esquerda. Só água."

"Imagine só", disse o homem para os outros. "Terra nenhuma durante uma semana de trabalho inteira. Nas nossas histórias folclóricas, um homem chega à terra dos espíritos depois que atravessa sete rios, sete florestas e sete montes. Sem dúvida você visitou a terra dos espíritos."

"De fato, foi isso mesmo, meu filho", disse outro velho. "Azik", chamou, querendo dizer Isaac. "Traga noz-de-cola para a gente quebrar em homenagem ao regresso deste filho."

"Esta é uma casa cristã", objetou o pai de Obi.

"Uma casa cristã onde não se come noz-de-cola?", escarneceu o homem.

"Aqui se come noz-de-cola, sim", retrucou o sr. Okonkwo, "mas ela não é sacrificada aos ídolos."

"Mas quem foi que falou em sacrifício? Aqui está um pequeno filho que regressou depois de muitas lutas na terra dos espíritos e você fica aí falando sobre casa cristã e ídolos, falando

---

* Em algumas regiões da Nigéria os dias úteis da semana são quatro. (N. T.)

que nem um homem cujo vinho de palma entrou pelo nariz." Deu um assobio de repulsa, pegou sua pele de cabra e foi sentar do lado de fora.

"Este não é um dia para brigas", disse um outro velho. "Eu vou trazer a noz-de-cola." Pegou seu saco de pele de cabra, que tinha pendurado em sua cadeira, e começou a procurar bem no fundo. Enquanto procurava, objetos chacoalhavam, batendo uns nos outros lá dentro — seu chifre de beber, sua garrafa de rapé e uma colher. "E a gente vai quebrar a noz da maneira cristã", disse ele, quando fisgou uma noz-de-cola.

"Não se preocupe, Ogbuefi Odogwu", disse Okonkwo. "Não estou me recusando a lhe dar uma noz-de-cola. O que digo é que ela não será usada como um sacrifício pagão em minha casa." Ele foi para outro cômodo e pouco depois voltou com três nozes--de-cola num pires. Ogbuefi Odogwu fez questão de acrescentar a sua noz-de-cola às outras três.

"Obi, mostre as nozes-de-cola para todos", disse o pai. Obi já havia se levantado para fazer aquilo, pois era o mais jovem na sala. Depois que todos viram as nozes-de-cola, ele as colocou diante de Ogbuefi Odogwu, que era o mais velho. Ele não era cristão, mas sabia algumas coisas sobre o cristianismo. A exemplo de tantos outros em Umuofia, ia à igreja uma vez por ano, na colheita. Sua única crítica ao rito cristão era que a congregação não tinha o direito de responder ao sermão. Entre as coisas de que gostava e que compreendia estava: "Assim como era no princípio, agora e sempre, por todos os séculos dos séculos".

Pegou o pires, uniu os joelhos para formar uma mesa e colocou ali o pires. Ergueu as mãos com as palmas viradas para cima e disse: "Abençoe esta noz-de-cola para que, quando a comermos, ela faça bem ao nosso corpo, em nome de Jesus Cristo. Como era no princípio, agora e sempre, por todos os séculos dos séculos. Amém". Todos repetiram "amém" e saudaram Odogwu por seu desempenho. Até Okonkwo não pôde deixar de unir-se aos elogios.

"Você devia virar cristão", sugeriu.

"Sim, se você concordar em fazer de mim um pastor", respondeu Odogwu.

Todos riram de novo. Depois a conversa desviou de novo para Obi. Matthew Ogbonna, que tinha sido carpinteiro em Onitsha e, por consequência, era um homem do mundo, disse que todos deviam agradecer a Deus por Obi não ter trazido para casa uma esposa branca.

"Esposa branca?", perguntou um dos homens. Para ele, aquilo era um total disparate.

"Isso mesmo. Eu já vi com meus próprios olhos", disse Matthew.

"É, sim", disse Obi. "Muitos negros que vão para o país dos homens brancos casam com as mulheres de lá."

"Ouviram só?", perguntou Matthew. "Eu bem que disse que tinha visto com meus próprios olhos em Onitsha. A mulher teve até dois filhos. Mas no fim o que aconteceu? Ela largou os filhos e voltou para o seu país. É por isso que digo que um homem negro que casa com uma mulher branca desperdiça seu tempo. O tempo que ela fica com ele é como o tempo que a lua fica no céu. Quando chega a hora, vai embora."

"É verdade", disse outro homem, que também tinha viajado. "Não é o fato de ela ir embora que importa. O que importa é o fato de ela afastar o homem de seus parentes, enquanto está com ele."

"Fico feliz por você ter voltado para casa a salvo", disse Matthew para Obi.

"Ele é um filho de Iguedo", disse Odogwu. "Há nove aldeias em Umuofia, mas Iguedo é Iguedo. Temos nossos defeitos, mas não somos homens vazios, que viram brancos quando veem brancos, e pretos quando veem pretos."

O coração de Obi se iluminou de orgulho dentro dele.

"Ele é neto de Ogbuefi Okonkwo, que enfrentou os brancos sozinho e morreu na luta. De pé!"

Obi se levantou, obediente.

"Olhem só para ele", disse Odogwu. "Ele é Ogbuefi Okonkwo que retorna. Ele é Okonkwo *kpom-kwem*, exato, perfeito."

O pai de Obi pigarreou, embaraçado. "Os mortos não voltam", disse ele.

"Pois eu lhe digo que este é Okonkwo. Assim como era no princípio, agora e sempre, por todos os séculos dos séculos. É o que a sua religião nos diz."

"Ela não diz que os mortos vão voltar."

"Iguedo gerou grandes homens", disse Odogwu, mudando de assunto. "Quando eu era jovem conheci Okonkwo, Ezeudu, Obierika, Okolo, Nwosu." Contou um por um com os dedos da mão direita encostando nos dedos da mão esquerda. "E muitos outros, tantos quantos são os grãos de areia. Entre os pais, ouvimos falar de Ndu, Nwosisi, Ikedi, Obika e seu irmão Iweka, todos gigantes. Esses homens foram grandes em seu tempo. Hoje, a grandeza mudou de tom. Os títulos não são mais grandes, como também não são os celeiros nem são mais tão numerosas as esposas e os filhos. Agora a grandeza está nas coisas do homem branco. E assim nós também mudamos de tom. Somos os primeiros, entre as nove aldeias, a mandar um filho nosso para a terra dos brancos. A grandeza pertenceu a Iguedo desde os tempos mais antigos. Ela não é feita pelo homem. Não se pode plantar a grandeza assim como se planta o milho ou o inhame. Quem jamais plantou uma árvore de iroco, a maior árvore que há na floresta? A gente pode recolher todas as sementes de iroco que existem no mundo, abrir a terra e colocar as sementes lá dentro. Não vai adiantar nada. A grande árvore escolhe onde vai crescer e nós a encontramos lá, e é a mesma coisa com a grandeza que está nos homens."

6.

A vinda de Obi para casa não foi, no final, o evento feliz que ele havia sonhado. A razão foi sua mãe. Em quatro anos ela envelhecera tanto e estava tão frágil que Obi mal pôde acreditar. Tinha ouvido falar de seus longos períodos de doença, mas nem de longe havia imaginado que fosse assim. Agora que todos os visitantes tinham ido embora e sua mãe veio, abraçou-o e pôs os braços em volta de seu pescoço, pela segunda vez as lágrimas brotaram em seus olhos. Daí em diante, Obi levou a tristeza da mãe pendurada no pescoço, como se fosse um colar de pedras.

O pai também era só pele e osso, embora não parecesse, de maneira nenhuma, estar tão mal quanto a mãe. Para Obi, estava claro que eles não tinham em casa comida boa e suficiente para se alimentar. Era um escândalo, pensou, que depois de quase trinta anos de trabalho na igreja seu pai tivesse de se aposentar com um salário de duas libras por mês, e boa parte desse dinheiro voltasse para a mesma igreja, por meio das taxas da escola e outras contribuições. E seus dois filhos mais jovens estavam na escola, ambos tinham de pagar taxas da escola e da igreja.

Obi e o pai ficaram sentados por muito tempo, depois que os outros foram para a cama, na sala retangular que dava para o lado de fora através de uma grande porta central e de duas janelas. Aquela sala, nas casas cristãs, era chamada de *pieze*. A porta e as janelas estavam fechadas para desencorajar os vizinhos, que teriam continuado a afluir para lá a fim de ver Obi — alguns, pela quarta vez naquele dia.

Havia um lampião antigo ao lado da cadeira onde estava o pai de Obi. Era o seu lampião. Ele lavava o globo de vidro pessoalmente; não deixava ninguém fazer aquilo. O próprio lampião era mais velho que Obi.

As paredes da *pieze* tinham recebido uma nova camada de giz, não fazia muito tempo. Até agora, Obi não tivera um momento livre para observar o ambiente em redor e procurar aqueles tributos carinhosos. O chão também fora esfregado, mas, com os inúmeros pés que haviam pisado ali durante aquele dia, já estava precisando de mais uma limpeza, que seria feita esfregando terra vermelha e água.

O pai quebrou o silêncio, após um longo tempo.

"Senhor, deixai agora vosso servo partir em paz conforme vossa palavra."

"O que é isso, pai?", perguntou Obi.

"Às vezes me vinha o medo de que não me fosse permitido ver seu regresso ao lar."

"Por quê? Você parece tão forte quanto sempre foi."

O pai de Obi ignorou o falso elogio, concentrado nos próprios pensamentos. "Amanhã vamos celebrar um culto na igreja. O pastor aceitou realizar uma cerimônia especial para você."

"Mas será mesmo necessário, pai? Não basta que rezemos juntos aqui, como rezamos esta noite?"

"É necessário", disse o pai. "É bom orar em casa, mas é melhor orar na casa de Deus."

Obi pensou: "O que vai acontecer se eu me levantar e disser para ele: 'Pai, eu não acredito mais no seu Deus?'". Sabia que, para ele, era impossível fazer tal coisa, mesmo assim tentava imaginar o que aconteceria se dissesse aquilo. Muitas vezes imaginava coisas assim. Semanas antes, em Londres, pensou no que aconteceria se tivesse levantado e gritado para o parlamentar vaselina que fazia uma conferência para estudantes africanos na Federação Central Africana: "Vá embora, vocês são todos uns hipócritas!". Porém não era a mesma coisa, de jeito nenhum. Seu pai acreditava em Deus com fervor; o parlamentar vaselina era só um hipócrita.

"Teve tempo para ler sua Bíblia enquanto esteve lá?"

Não havia nada a fazer, senão contar uma mentira. Às vezes uma mentira era mais gentil do que a verdade. Obi sabia por que o pai havia feito aquela pergunta. Naquela noite, nas orações, ele tinha lido seus versículos muito mal.

"Às vezes", respondeu, "mas era a Bíblia escrita em inglês."

"Sim", disse o pai. "Compreendo."

Houve uma longa pausa durante a qual Obi lembrou com vergonha como tinha lido seus trechos da Bíblia aos trancos e barrancos, como uma criança. No primeiro versículo, havia traduzido *ugwu* como *montanha*, quando devia ser *circuncisão*. Quatro ou cinco vozes prontamente o corrigiram, a primeira foi a de sua irmã caçula, Eunice, que tinha onze anos e estava na quarta série.

A família estava sentada em torno da enorme mesa do salão, que tinha no centro o lampião antigo. Havia nove pessoas ali ao todo — pai, irmão, seis irmãs e Obi. Quando o pai leu o trecho do dia de um Cartão da União das Escrituras, que sugeria uma citação da Bíblia para cada dia, Obi ficou surpreso consigo mesmo ao encontrar a citação, sem nenhuma dificuldade, na Bíblia que dividia com Eunice. Rezaram preces para que os olhos abrissem e a leitura teve início, cada pessoa lia um versículo de cada vez.

A mãe de Obi estava sentada no fundo da sala, num banco baixo. Os quatro filhos pequenos de suas filhas casadas estavam deitados numa esteira junto a seu banco. Ela sabia ler, mas nunca participava da leitura em família. Limitava-se a escutar o marido e os filhos. Sempre tinha sido assim, até onde os filhos podiam lembrar. Era uma mulher muito devota, mas Obi se perguntava se, caso ficasse sozinha, não preferiria contar aos filhos as histórias folclóricas que a mãe dela lhe havia contado quando era pequena. Na verdade, ela contava histórias para as filhas mais velhas. Mas isso foi antes de Obi nascer. Ela parou porque o marido a proibiu de fazer aquilo.

"Não somos pagãos", disse ele. "Histórias desse tipo não são para as pessoas da igreja."

E Hannah parou de contar histórias folclóricas para os filhos. Era leal ao marido e a sua nova fé. A mãe dela tinha entrado para a igreja com os filhos, depois da morte do marido. Hannah já era bem crescida quando eles deixaram de ser "gente de nada" e se uniram à "gente da igreja". Tamanha era a confiança dos primeiros cristãos que chamavam as outras pessoas de "gente de nada" ou às vezes, quando se sentiam mais caridosos, "gente do mundo".

Isaac Okonkwo não era apenas um cristão: era um catequista. Durante seus primeiros anos de vida casados, ele deixou claro para Hannah a grave responsabilidade que ela assumia como esposa de um catequista. E assim que entendeu o que se esperava dela, Hannah agiu daquela forma, e às vezes demonstrava mais zelo até do que o marido. Ensinou os filhos a não aceitar comida na casa dos vizinhos, porque dizia que eles ofereciam sua comida aos ídolos. Só aquele fato já separava seus filhos de todas as crianças, pois entre os ibo as crianças tinham liberdade de comer

72

onde quisessem. Um dia um vizinho ofereceu um pedaço de inhame para Obi, que na ocasião tinha quatro anos de idade. Ele balançou a cabeça, como suas irmãs mais velhas e mais sábias tinham feito, e disse: "Nós não comemos comida de pagão". Sua irmã Janet tentou cobrir a boca de Obi com a mão, mas era tarde demais.

De vez em quando, porém, havia reveses nessa cruzada. Um ou dois anos depois, quando Obi tinha começado a frequentar a escola, ocorreu um desses reveses. Havia uma aula que ele adorava e temia. Chamava-se "Oral". Durante aquele período, o professor convocava qualquer aluno para contar para a turma uma história folclórica. Obi adorava aquelas histórias, mas não sabia nenhuma para poder contar aos colegas. Um dia o professor o chamou para ficar diante da turma e contar uma história. Quando Obi se levantou e ficou diante da turma, tremeu.

"Olulu ofu oge", começou, conforme a tradição das histórias folclóricas, mas era só isso que ele sabia. Seus lábios tremiam, mas deles não saiu mais nenhuma palavra. A turma deu uma gargalhada sarcástica, as lágrimas encheram os olhos de Obi e rolaram pelo seu rosto enquanto voltava para sua carteira.

Assim que chegou em casa, contou para a mãe o que tinha acontecido. Ela lhe disse para ser paciente até o pai chegar em casa para as orações da noite.

Semanas depois, Obi foi chamado de novo pelo professor. Ele encarou a turma com coragem e contou uma das novas histórias que a mãe lhe contara. Obi acrescentou até um ligeiro toque no final, que fez todos rirem. Era a história da leoparda perversa que queria comer os cordeirinhos de sua velha amiga, a ovelha. Ela foi até a cabana da ovelha, quando soube que ela havia ido à feira, e começou a procurar os cordeirinhos. Não sabia que a mãe tinha escondido os filhotes dentro de alguns dos coquinhos de palma que estavam espalhados em volta. Por fim, a leoparda desistiu de sua busca e trouxe duas pedras para quebrar uns coquinhos de palma e comer alguma coisa antes de ir embora, porque estava com muita, muita fome. Assim que quebrou o primeiro, o que estava lá dentro voou para o mato. Ela ficou espantada. O segundo também voou para dentro do mato. E o terceiro e mais velho não só voou para dentro do mato como também, na versão de Obi, deu um tapa nos olhos da leoparda antes de fugir.

"Você quer dizer que só tem quatro dias para ficar conosco?"

"Sim", respondeu Obi. "Mas vou fazer todo o possível para voltar daqui a um ano. Preciso ir a Lagos para tentar conseguir um emprego."

"Sim", disse o pai lentamente. "Um emprego é a primeira coisa. Uma pessoa que não tem um lugar seguro no chão não devia começar a procurar uma esteira para deitar." Depois de uma pausa, disse: "Há muitas coisas para conversar, mas não nesta noite. Você está cansado e precisa dormir".

"Não estou muito cansado, pai. Mas talvez seja melhor conversar amanhã. Porém há uma coisa sobre a qual o senhor deveria ficar com a mente tranquila. Não há a menor possibilidade de John não terminar seu curso no ginásio."

"Boa noite, meu filho, e que Deus o abençoe."

"Boa noite, pai."

Ele pegou o velho lampião para enxergar seu caminho até o quarto e a cama. Havia um lençol branco novo em folha sobre a velha cama de madeira, com seu colchão forrado de capim duro. As fronhas com seus delicados desenhos de flores eram, sem dúvida nenhuma, um trabalho de Esther. "A boa e velha Esther!", pensou Obi. Lembrou-se de quando era menino e Esther tinha acabado de se tornar professora. Todos diziam que ela não devia mais ser chamada de Esther, porque isso era desrespeitoso, mas sim de senhorita. E assim ela passou a ser chamada de senhorita. Às vezes Obi esquecia e a chamava de Esther, e com isso Charity lhe dizia que ele era muito mal-educado.

Naquele tempo, Obi se dava muito bem com as três irmãs mais velhas, Esther, Janet e Agnes, mas não com Charity, que, entre as irmãs mais velhas, era aquela de idade mais próxima da sua. O nome de Charity em ibo era "Uma menina também é bom", mas quando os dois brigavam, Obi a chamava de "Uma menina não é bom". Então ela batia em Obi até ele chorar, a menos que a mãe estivesse por perto e, nesse caso, Charity adiava a surra. Ela era forte como ferro e era temida pelas outras crianças nos arredores, até pelos meninos.

Obi ficou acordado bastante tempo depois que se deitou. Pensava em suas responsabilidades. Estava claro que seus pais não conseguiam mais se sustentar sozinhos. Eles nunca haviam contado com a minguada aposentadoria do pai. Ele plantava inhames e sua esposa plantava mandioca e inhame-coco. Também fazia sopa de cinza de palma e óleo de palma e vendia para os moradores da aldeia, com um pequeno lucro. Mas agora estavam velhos demais para fazer aquilo.

"Tenho de dar a eles uma renda mensal, retirada de meu salário." Mas quanto? Conseguiria tirar dez libras? Se ao menos não tivesse de reembolsar vinte libras por mês para a União Progressista de Umuofia. Além disso, havia as taxas da escola de John.

"Vamos dar um jeito", falou consigo. "Não se pode ter tudo. Hoje há muitos jovens neste país que fariam qualquer sacrifício para ter a oportunidade que eu tive."

Do lado de fora, um vento forte tinha levantado de repente e as árvores agitadas começaram a fazer muito barulho. Viam-se lampejos de relâmpagos através da veneziana. Ia chover. Obi gostava de chuva à noite. Ele esqueceu suas responsabilidades e pensou em Clara, pensou como seria maravilhoso, numa noite como aquela, sentir o corpo frio de Clara junto ao seu — as coxas bem torneadas e os seios carnudos.

Por que Clara tinha dito que ele ainda não devia contar para os pais a respeito dela? Será que ainda não estava resolvida a casar? Obi gostaria de ter contado para a mãe, pelo menos. Sabia que ela ia ficar cheia de felicidade. Uma vez a mãe disse que estaria pronta para partir depois que visse o primeiro filho de Obi. Isso foi antes de ele ir para a Inglaterra, deve ter sido quando nasceu o primeiro filho de Esther. Agora Esther já tinha três filhos, Janet, dois, Agnes, um. Agnes teria dois filhos se o primeiro tivesse sobrevivido. Deve ser horrível perder o primeiro filho, sobretudo para uma mãe tão jovem, como foi o caso de Agnes; na verdade, ela não passava de uma menina quando casou — pelo menos no comportamento. E mesmo agora, Agnes não era lá muito adulta. Sua mãe sempre lhe disse isso. Obi sorriu no escuro enquanto lembrava o pequeno incidente depois das orações, uma ou duas horas atrás.

Pediram que Agnes levasse para suas camas as crianças pequenas, que já estavam dormindo no chão.

"Primeiro, acorde as crianças para urinar, senão vão fazer xixi na cama", disse Esther.

Agnes agarrou a primeira criança pelo pulso e puxou-a para ficar de pé.

"Agnes! Agnes!", gritou a mãe, que estava sentada num banco baixo, ao lado das crianças adormecidas. "Sempre falei que você não tem a cabeça no lugar. Quantas vezes já lhe disse para chamar a criança pelo nome, antes de acordar?"

"Você não sabe", interveio Obi, fingindo estar muito zangado, "que se você puxar a criança de maneira tão brusca a alma dela pode não conseguir voltar para seu corpo antes que a criança acorde?"

As garotas riram. Obi não tinha mudado nem um pouco. Gostava de brincar com elas, inclusive com a mãe. Ela sorriu. "Vocês podem rir, se o riso pegar vocês", disse ela satisfeita. "A mim ele não pega."

"É por isso que o pai as chama de virgens tolas", disse Obi.

Agora estava começando a chover, com raios e trovões. No início, grandes pingos de chuva tamborilavam no telhado de ferro. Era como se milhares de pedrinhas, cada uma embrulhada num pedaço de pano para amortecer a queda, tivessem sido despejadas do céu. Obi gostaria que fosse dia, para poder ver uma chuva tropical mais uma vez. Agora a chuva estava ganhando força. O tamborilar de pingos grandes e avulsos deu lugar a um aguaceiro contínuo.

"Eu tinha esquecido que podia chover com tanta força assim em novembro", pensou ele, enquanto arrumava melhor um pano usado para cobrir a cintura e com ele cobriu todo o corpo. De fato, uma chuva como aquela era fora do comum. Era como se alguma divindade que mandava nas águas do céu, ao verificar seus estoques e contar os meses na ponta dos dedos, tivesse descoberto que havia chuva demais sobrando e que era preciso fazer alguma coisa drástica a respeito, antes da chegada da estação da seca.

Obi se ajeitou na cama e pegou no sono.

7.

O primeiro dia de Obi no serviço público foi memorável, quase tão memorável quanto seu primeiro dia na escola da missão do campo em Umuofia, quase vinte anos antes. Naquele tempo, homens brancos eram muito raros. Na verdade, o sr. Jones foi o segundo homem branco que Obi viu na vida e, na ocasião, tinha quase sete anos de idade. O primeiro homem branco que viu foi o bispo no Níger.

O sr. Jones era o inspetor de escolas e era temido em toda a província. Diziam que havia combatido na guerra do *Kaiser* e que aquilo tinha deixado o homem meio perturbado. Era um sujeito enorme, mais de um metro e oitenta de altura. Pilotava uma motocicleta que sempre deixava a uns oitocentos metros de distância, de modo que pudesse chegar a uma escola de surpresa. Assim ele tinha a garantia de poder apanhar em flagrante alguém cometendo alguma irregularidade. Visitava cada escola mais ou menos de dois em dois anos e sempre fazia algo de que todos se lembravam até a visita seguinte. Dois anos antes, ele havia jogado um menino pela janela da sala de aula. Dessa vez foi o diretor que se meteu numa encrenca. Obi nunca descobriu qual foi o problema, porque tudo foi tratado em inglês. O sr. Jones ficou vermelho de raiva enquanto andava para lá e para cá, dava passadas tão largas que, a certa altura, Obi achou que ele ia passar direto por cima dele. O diretor, sr. Nduka, ficou o tempo todo tentando explicar alguma coisa.

"Cale a boca!", esbravejou o sr. Jones, e completou com um tapa. Simeon Nduka era uma daquelas pessoas que haviam adotado os costumes dos brancos, numa fase bem inicial da vida. E uma das coisas que tinha aprendido em sua juventude era a grande arte da luta corpo a corpo. Num piscar de olhos, o sr. Jones estava estatelado no chão e a escola inteira se transformou numa grande confusão. Sem saber por quê, professores e alunos fugiram todos em desabalada carreira. Derrubar no chão um homem branco era o mesmo que desmascarar um espírito ancestral.

Aquilo tinha acontecido vinte anos antes. Hoje, poucos homens brancos ousariam sonhar em dar um tapa num diretor de escola em seu local de trabalho e, de fato, nenhum faria tal coisa. O que era a tragédia de homens como William Green, o chefe de Obi.

Obi já havia encontrado o sr. Green naquela manhã. Assim que chegou, ele foi conduzido para ser apresentado ao chefe. Sem se levantar de sua escrivaninha nem oferecer a mão para um cumprimento, o sr. Green resmungou alguma coisa sobre desejar que Obi apreciasse seu trabalho; e perguntou, primeiro, se não era um tremendo preguiçoso e, segundo, se estava preparado para usar seus miolos. "Estou supondo que o senhor possua miolos para usar", concluiu.

Algumas horas depois, ele apareceu na sala do sr. Omo, onde Obi tinha sido instalado para aquele dia. O sr. Omo era o assistente administrativo. Tinha colocado quase trinta anos de trabalho no serviço público dentro de milhares de pastas e ia se aposentar, ou pelo menos era o que dizia, quando o filho terminasse o curso de direito na Inglaterra. Obi estava passando seu primeiro dia na sala de Omo a fim de aprender algumas coisas sobre administração de escritório.

O sr. Omo ficou de pé, num pulo, assim que o sr. Green entrou. Ao mesmo tempo, enfiou no bolso a metade restante da noz-de-cola que estava comendo.

"Por que a pasta relativa às licenças para estudos não me foi entregue?", perguntou o sr. Green.

"Pensei que..."

"O senhor não é pago para pensar, sr. Omo, mas para fazer o que lhe mandam. Está claro? Agora trate de me mandar imediatamente essa pasta."

"Sim, senhor."

O sr. Green saiu e bateu a porta com força e o próprio sr. Omo levou a pasta para ele. Quando voltou, começou a repreender um ajudante novato que, pelo visto, tinha provocado toda aquela confusão.

Obi, agora, estava firmemente convencido de que não ia gostar do sr. Green e que o sr. Omo era um daqueles velhos africanos. Como que para confirmar sua opinião, o telefone tocou. O sr. Omo hesitou, como sempre fazia quando o telefone tocava, e depois o segurou como se o fone pudesse morder.

"Alô. Sim, senhor." Entregou-o para Obi com um evidente alívio. "Sr. Okonkwo, para o senhor."

Obi pegou o fone. O sr. Green queria saber se ele havia recebido uma proposta formal de emprego. Obi respondeu que não, não tinha.

"Deve dizer *senhor* para seus superiores, sr. Okonkwo", e o telefone foi desligado com um estrondo ensurdecedor.

Obi comprou um carro Morris Oxford uma semana depois de receber a carta com sua nomeação. O sr. Green lhe deu uma carta dirigida para a concessionária de automóveis, dizendo que ele era um funcionário civil de primeira classe e que tinha direito a adiantamento para comprar um carro. Não era preciso mais nada. Obi entrou na loja e comprou um carro novo em folha.

Mais cedo naquele mesmo dia, o sr. Omo o chamou para assinar certos documentos.

"Onde está seu carimbo?", perguntou, assim que Obi entrou.

"Que carimbo?", perguntou Obi.

"O senhor é bacharel, mas não sabe que tem que mandar fazer um carimbo para o contrato?"

"Que contrato?", perguntou Obi, perplexo.

O sr. Omo riu com desdém. Tinha dentes péssimos, enegrecidos por cigarros e por nozes-de-cola. Na frente, faltava um dente e, quando ria, aquela falha parecia um lote vago numa favela. Seus auxiliares riram junto com ele, por lealdade.

"O senhor acha que o governo vai lhe pagar sessenta libras sem ter um contrato assinado?"

Foi só então que Obi compreendeu do que se tratava. Ele ia receber uma verba de sessenta libras para seu vestuário.

"Este é um dia maravilhoso", disse para Clara ao telefone. "Tenho sessenta libras no bolso e vou pegar meu carro às duas horas."

Clara deu um grito de prazer. "Será que devo ligar para o Sam e dizer que não precisa mandar seu carro esta noite?"

O honorável Sam Okoli, ministro de Estado, tinha convidado os dois para tomar drinques e se ofereceu para mandar seu motorista apanhá-los. Clara morava em Yaba com sua prima. Ela havia recebido a oferta de um emprego de irmã enfermeira assistente e começaria a trabalhar dali a uma semana, mais ou menos.

Aí poderia procurar um local melhor para morar. Obi continuava a dividir o quarto com Joseph, em Obalende, mas ia mudar-se para um apartamento de funcionários de primeira classe em Ikoyi, no fim daquela semana.

Obi sentiu-se disposto a gostar do honorável Sam Okoli desde o momento em que soube que ele não tinha nenhuma intenção de namorar Clara. Na verdade, Sam Okoli ia casar em breve com a melhor amiga de Clara, que fora convidada para ser a principal dama de honra da noiva.

"Entre, Clara, entre, Obi", disse ele, como se conhecesse os dois desde sempre. "Que carro bonito. Ele desempenha bem? Vamos, entrem logo. Você está muito bonita, Clara. Não nos vimos antes, Obi, mas já sei tudo sobre você. Estou feliz por você se casar com Clara. Sentem-se. Em qualquer lugar. E digam o que desejam beber. Primeiro as damas; foi isso que os homens brancos trouxeram. Tenho respeito pelos homens brancos, embora queiramos que eles vão embora. Suco? Deus me livre! Ninguém bebe suco em minha casa. Samson, traga vinho xerez para a senhorita."

"Sim, senhor", disse Samson, vestido em um traje imaculadamente branco, com botões de bronze.

"Cerveja? Por que não prova um pouco de uísque?"

"Não tomo bebida destilada", disse Obi.

"Muitos jovens de além-mar começam assim", disse Sam Okoli. "Muito bem, Samson, uma cerveja, uísque e soda para mim."

Obi olhou em redor, para a sala luxuosa. Tinha lido na imprensa a controvérsia que surgiu quando o governo decidiu construir aquelas casas para os ministros, ao custo de 35 mil libras cada uma.

"Muito boa casa, esta aqui", disse ele.

"Não é de todo má", disse o ministro.

"Que radiovitrola enorme!" Obi se levantou para olhar mais de perto.

"Também tem um gravador", explicou o proprietário. Como se soubesse o que Obi estava pensando, acrescentou: "Não faz parte da casa. Paguei duzentas e setenta e cinco libras pelo aparelho". Atravessou a sala e girou o botão que ligava o gravador de fita.

"O que está achando de seu trabalho na Comissão de Bolsas de Estudos? Se apertar esta coisa aqui para baixo, começa a gravar. Se quiser parar, é só apertar esta outra. Isto aqui é para tocar discos e esta outra tecla é para ligar o rádio. Se eu tivesse uma vaga no meu ministério, gostaria que você fosse trabalhar lá." Parou o gravador, reenrolou a fita e depois apertou a chave para tocar. "Você vai ouvir nossa conversa completa." Sorriu de satisfação, enquanto escutava a própria voz, acrescentando um ou outro comentário em *pidgin*.

"Homens brancos não vão longe. A gente fica gritando à toa", disse ele. Então pareceu se dar conta da posição que ocupava. "Apesar disso, eles têm de ir embora. Aqui não é terra deles." Serviu mais um uísque para si, ligou o rádio e sentou-se.

"Você tem só um secretário assistente no seu ministério?", perguntou Obi.

"Sim, no momento. Espero conseguir mais um em abril. Eu tinha um nigeriano como meu secretário assistente, mas era um idiota. Sua cabeça era inflada como a de uma formiga soldado, porque ele estudou na Universidade de Ibadan. Agora tenho um branco que estudou em Oxford e que me trata por 'senhor'. Nosso povo ainda tem muito chão pela frente."

Obi sentou-se com Clara no banco de trás, enquanto o motorista que ele havia contratado naquela manhã, por quatro libras e dez por mês, os conduzia até Ikeja, a trinta quilômetros dali, para um jantar especial de comemoração pelo carro novo. Mas nem a viagem de carro nem o jantar foram um grande sucesso. Ficou bem evidente que Clara não estava feliz. Obi tentou em vão fazer Clara conversar ou relaxar.

"Qual é o problema?"

"Nada. Estou deprimida, só isso."

Dentro do carro estava escuro. Ele pôs o braço em volta dela e a puxou para perto.

"Não aqui, por favor."

Obi ficou magoado, ainda mais porque sabia que o motorista tinha ouvido.

"Desculpe, querido", disse Clara, pondo sua mão sobre a dele. "Mais tarde eu explico."

"Quando?" Obi ficou preocupado com o tom de voz de Clara.

"Hoje. Depois que você tiver comido."

"O que você quer dizer? Não está podendo comer?"

Ela respondeu que não tinha vontade de comer. Obi disse que, nesse caso, também não ia comer. Então os dois resolveram que iam comer. Mas, quando trouxeram a comida, se limitaram a olhar para os pratos, até Obi, que tinha saído de casa com um apetite de leão.

Estava passando um filme que Clara sugeriu que deviam ver. Obi respondeu que não, ele queria descobrir o que passava pela cabeça de Clara. Foram dar uma caminhada na direção da piscina.

Até encontrar Clara a bordo do navio cargueiro *Sasa*, Obi achava que o amor era apenas mais uma invenção europeia absurdamente superestimada. Não que ele fosse indiferente às mulheres. Ao contrário, tinha mantido relações com algumas mulheres na Inglaterra — uma nigeriana, uma jovem das Índias Ocidentais, garotas inglesas e outras. Mas tais intimidades, que Obi encarava como amor, não foram nem profundas nem sinceras. Havia sempre uma parte dele, a parte pensante, que parecia manter-se de fora de tudo aquilo, observando seu próprio abraço apaixonado com um desdém cético. O resultado era que metade de Obi podia beijar uma garota e sussurrar: "Eu amo você", mas a outra metade dizia: "Não seja tolo". E era sempre a segunda metade que triunfava no final, depois que o encanto tinha evaporado junto com o ardor, deixando para trás apenas um ridículo anticlímax.

Com Clara foi diferente. Tinha sido assim desde o primeiro momento. Nunca havia uma parte superior, ao lado de Obi, com um sorriso complacente.

"Não posso casar com você", disse ela de repente, quando Obi tentou beijá-la na beira da piscina, embaixo da árvore alta de pluméria, e desatou a chorar.

"Não compreendo, Clara." E de fato Obi não compreendia. Seria um jogo de mulher a fim de amarrá-lo mais ainda? Mas Clara não era assim; não tinha timidez. Pelo menos, não muita. Era uma das coisas de que Obi mais gostava em Clara. Ela parecia tão segura de si que, à diferença de outras mulheres, não media se havia sido conquistada muito depressa ou a um custo muito baixo.

"Por que não pode casar comigo?", Obi conseguiu falar com calma. Em resposta, ela se atirou de encontro a ele e começou a chorar com violência sobre seu ombro.

"Qual é o problema, Clara? Me conte." Ele não estava mais tranquilo. Havia uma ponta de lágrima em sua voz.

"Eu sou uma *osu*", gritou Clara. Silêncio. Ela parou de chorar e, em silêncio, soltou-se dele. Obi continuava sem dizer nada.

"Você entende então que não posso casar?", disse Clara, com muita firmeza, quase com alegria — um tipo terrível de alegria. Só as lágrimas mostravam que ela havia chorado. "É um absurdo!", disse Obi. Ele quase gritou, como se gritando assim agora ele pudesse apagar aqueles segundos de silêncio, quando tudo pareceu parar, numa espera em vão para que ele dissesse alguma coisa.

Joseph estava dormindo quando ele voltou. Passava de meia--noite. A porta estava fechada, mas não trancada, e Obi andou sem fazer barulho. Mas o leve rangido da porta bastou para acordar Joseph. Sem esperar para trocar de roupa, Obi lhe contou a história.

"Era exatamente isso que eu sempre quis perguntar para você. Eu ficava pensando: como é que uma garota tão boa e tão bonita pode continuar solteira tanto tempo?" Obi estava trocando de roupa com o pensamento meio alheio. "De todo modo, você tem sorte de saber logo no início. Ainda não houve nada de sério. O sono não prejudica os olhos", disse Joseph, de maneira um tanto despropositada. Ele percebeu que Obi não estava prestando a menor atenção.

"Vou casar com ela", disse Obi.

"O quê?" Joseph sentou-se na cama.

"Vou casar com ela."

"Olhe bem para mim", disse Joseph, levantando-se e amarrando a colcha na cintura, como uma tanga. Agora estava falando em inglês. "Você estudou, mas isso não tem nada a ver com estudos. Você sabe o que é uma *osu*? Mas como é que você poderia saber?" Naquela breve pergunta, ele dizia na verdade que a criação de Obi numa casa de pessoas da missão cristã e sua educação europeia tinham feito dele um estrangeiro em seu próprio país — a coisa mais dolorosa que alguém poderia dizer para Obi. "Sei mais sobre o assunto do que você", disse Obi. "E vou casar com a garota. Na verdade, eu não estava pedindo sua aprovação."

Joseph achou que o melhor era deixar o assunto de lado por um tempo. Voltou para a cama e, dali a pouco, estava roncando.

Obi sentiu-se melhor e mais confiante em sua decisão agora que havia um oponente, o primeiro de centenas de outros que viriam, sem dúvida nenhuma. Talvez não fosse uma decisão, de fato; para ele, só poderia haver uma opção. Era um escândalo que, no meio do século XX, um homem pudesse ser impedido de casar com uma jovem simplesmente porque o bisavô de seu bisavô se dedicara a cultuar um certo deus, desse modo se separando dos outros e transformando seus descendentes numa casta proibida, até o final dos tempos. Absolutamente inacreditável. E ali estava um homem educado que disse para Obi que ele não compreendia aquele assunto. "Nem mesmo minha mãe pode me impedir", disse ele, quando se deitou ao lado de Joseph.

Às duas e meia do dia seguinte, Obi telefonou para Clara e disse que eles iriam a Kingsway para comprar um anel de noivado.

"Quando?", foi tudo que ela conseguiu perguntar.

"Agora, agora."

"Mas eu não disse que..."

"Ah, não desperdice meu tempo. Tenho outras coisas para fazer. Ainda não tenho um mordomo, não comprei meus utensílios de cozinha."

"Sim, é claro, amanhã você vai mudar para seu apartamento. Eu já estava esquecendo."

Pegaram o carro e foram para o joalheiro em Kingsway e compraram um anel de vinte libras. O grosso maço de notas de sessenta libras que Obi tinha recebido agora já estava bastante reduzido. Trinta e poucas libras. Quase quarenta.

"E quanto à Bíblia?", perguntou Clara.

"Que Bíblia?"

"A que tem de vir junto com o anel. Não sabe disso?"

Obi não sabia daquilo. Foram até a livraria da Sociedade da Igreja Missionária e compraram uma bela de uma bibliazinha, com um zíper.

"Hoje em dia tudo vem com zíper", disse Obi, olhando instintivamente para a frente de sua calça para se certificar de que não tinha esquecido de fechar o zíper, como já acontecera em uma ou duas ocasiões.

Passaram a tarde inteira fazendo compras. De início, Obi estava tão interessado quanto Clara nos diversos utensílios que ela comprava para ele. Mas, depois de uma hora em que só uma pequena caçarola tinha sido embalada, Obi perdeu todo e qualquer interesse naquela atividade e se limitava a seguir atrás de Clara como um cão obediente. Numa loja, ela rejeitou uma panela de alumínio e percorreu toda a extensão da Broad Street até chegar a uma outra loja para comprar exatamente a mesma coisa, pelo mesmo preço.

"Qual é a diferença entre esta e aquela que vimos na UTC?"

"Os homens são cegos", respondeu Clara.

Quando Obi voltou para o quarto de Joseph, eram quase onze horas. Joseph ainda estava acordado. Na verdade, tinha esperado a tarde inteira para terminar a discussão que os dois haviam interrompido na noite anterior.

"Como vai a Clara?", perguntou. Conseguiu dar à voz um tom natural e espontâneo. Obi não estava preparado para mergulhar de cabeça no assunto. Queria começar pelas beiradas, como fazia muitos anos antes, quando tinha de enfrentar um banho matinal na fria temporada do vento harmatã. Entre todas as partes de seu corpo, eram as costas que menos toleravam a água fria. Obi ficava parado na frente do balde de água, pensando na melhor maneira de manejá-lo. Sua mãe dizia: "Obi, já terminou? Vai chegar atrasado à escola e eles vão dar chicotadas em você". Então ele mexia a água com a ponta de um dedo. Depois disso lavava os pés, depois as pernas até os joelhos, depois o braço até o cotovelo, depois o resto das pernas e dos braços, a cara e a cabeça, a barriga e por fim, acompanhado por um pulo no ar, lavava as costas. Agora, Obi queria adotar o mesmo método.

"Ela vai bem", respondeu. "Esses policiais nigerianos são muito descarados, sabe?"

"São uns inúteis", disse Joseph, que não queria conversar sobre a polícia.

"Pedi ao motorista que nos levasse até a Victoria Beach Road. Quando chegamos lá, estava tão frio que Clara se recusou a sair do carro. Então ficamos no banco de trás, conversando."

"Onde estava o motorista?", perguntou Joseph.

"Saiu caminhando um pouco para olhar para o farol. De todo modo, não ficamos ali nem dez minutos quando um carro da polícia parou ao lado e um dos guardas acendeu sua lanterna. E falou: 'Boa noite, senhor'. Eu disse: 'Boa noite'. Depois ele disse: 'Onde foi que pegou essa daí?'. Eu não consegui suportar isso e então estourei de raiva. Clara me disse em ibo para chamar o motorista e irmos embora. O guarda logo mudou de atitude. Ele era ibo, entende? Disse que não sabia que éramos ibos. Disse que muita gente hoje em dia gostava de levar a esposa de outros homens para a praia. Imagine só: *'Onde foi que você pegou essa daí?'.*"

"O que foi que você fez depois disso?"

"Fomos embora. Não havia a menor possibilidade de ficar

ali depois daquilo. Aliás, agora estamos noivos. Dei para ela um anel de noivado esta tarde."

"Muito bom", disse Joseph com amargura. Pensou por um tempo e depois perguntou: "Você vai casar à maneira inglesa ou vai pedir à sua família para se aproximar da família dela conforme os costumes?".

"Ainda não sei. Depende do que meu pai disser."

"Você contou isso para ele durante sua visita?"

"Não, porque eu ainda não tinha decidido."

"Ele não vai concordar", disse Joseph. "Pode apostar no que estou dizendo."

"Eu consigo lidar com eles", disse Obi, "sobretudo com minha mãe."

"Olhe para mim, Obi." Joseph sempre pedia para as pessoas olharem para ele. "O que é que você vai fazer com relação não só a si mesmo mas também a toda sua família e às futuras gerações? Se um dedo tem óleo, ele suja todos os outros dedos da mão. No futuro, quando todos formos civilizados, todo mundo vai poder casar com todo mundo à vontade. Mas esse tempo ainda não chegou. Nós, desta geração, somos apenas os pioneiros."

"O que é um pioneiro? Alguém que mostra o caminho. É isso que estou fazendo. De todo modo, agora é tarde demais para voltar atrás."

"Não é, não", disse Joseph. "O que é um anel de noivado? Nossos pais não se casaram com anéis. Não é tarde demais para voltar atrás. Lembre que você é o único filho de Umuofia que foi educado além-mar. Nós não queremos ser como a criança infeliz que vê nascer seu primeiro dente só para que depois fique estragado. Que tipo de incentivo sua ação vai representar para os homens e as mulheres que juntaram o dinheiro?"

Obi estava ficando um pouco revoltado. "Aquilo foi só um empréstimo, lembra? Eu vou pagar tudo, até o último *anini*."

* * *

Obi sabia melhor do que ninguém que sua família iria opor-se com firmeza à ideia de casar com uma *osu*. Quem não faria isso? Mas para ele era Clara ou ninguém. Os laços de família eram todos muito bons, contanto que não se opusessem a Clara. "Se eu puder convencer minha mãe", pensou, "tudo estará bem." Havia uma ligação especial entre Obi e a mãe. Dentre os oito filhos, Obi era o mais próximo do coração da mãe. Os vizinhos a chamavam de "mãe de Janet", até Obi nascer, e depois ela imediatamente se transformou na "mãe de Obi". Os vizinhos têm um instinto infalível para essas questões. Quando criança, Obi encarava como algo natural aquelas relações com a mãe. No entanto, quando tinha mais ou menos dez anos, aconteceu uma coisa que deu àquilo uma forma concreta em sua mente. Obi tinha uma lâmina de barbear enferrujada com a qual apontava seu lápis e às vezes cortava um gafanhoto. Um dia esqueceu aquele instrumento no bolso e a lâmina abriu um corte bastante fundo na mão da mãe, quando ela estava lavando as roupas de Obi sobre uma pedra no rio. Ela voltou com as roupas sujas e o sangue escorrendo da mão. Por alguma razão, toda vez que Obi pensava com carinho na mãe, sua mente voltava para aquele derramamento do sangue dela. Aquilo o ligava à mãe com muita firmeza.

Quando Obi disse para si: "Se eu puder convencer minha mãe", ele estava quase certo de que conseguiria.

8.

A União Progressista de Umuofia, filial de Lagos, fazia sua assembleia no primeiro sábado de cada mês. Obi não compareceu à assembleia de novembro porque, naquela data, estava em viagem a Umuofia. O amigo Joseph apresentou suas desculpas. A assembleia seguinte ocorreu no dia 1º de dezembro de 1956. Obi lembrava da data porque era importante em sua vida. Joseph tinha telefonado para ele no escritório para lembrar que a assembleia começaria às quatro horas da tarde. "Não vai se esquecer de me telefonar?", perguntou.

"Claro que não", disse Obi. "Me espere às quatro horas."

"Ótimo! A gente se vê depois." Joseph sempre adotava um jeito entusiasmado de falar quando conversava pelo telefone. Em tais momentos, nunca falava em ibo nem em inglês *pidgin*. Quando desligou o telefone, disse para seus colegas: "É o mano meu irmão. Recém-chegado de além-mar. Formado com louvor em letras clássicas". Ele sempre preferia a ficção das letras clássicas à verdade do inglês. Parecia mais imponente.

"Que departamento ele trabalha lá?"

"Secretário na comissão de bolsas de estudo."

"Vai fazer muito dinheiro por lá. Todo estudante que quer ir para a Inglaterra vai lá falar com eles para conseguir alguma coisa."

"Ele não é assim, não", disse Joseph. "É um cavalheiro, ele. Não serve para receber propina."

"Pois sim", disse o outro, com incredulidade.

Às quatro e quinze, Obi chegou à casa de Joseph em seu novo carro Morris Oxford. Aquele era um dos motivos por que Joseph aguardava com particular ansiedade o encontro. Iria compartilhar a glória do carro. Seria uma grande ocasião para a União Progressista de Umuofia ver um de seus filhos chegar à assembleia mensal num automóvel de luxo. Na condição de amigo muito próximo de Obi, Joseph refletiria um pouco daquela glória. Estava vestido de forma impecável para a ocasião: calça de flanela cinza, camisa branca de náilon, gravata preta de bolinhas e sapatos pretos. Embora não dissesse, Joseph ficou decepcionado com o aspecto informal de Obi. Era verdade que ele queria compartilhar a glória do automóvel, mas não se importava de ser visto como o estranho que, no velório, chorava mais alto que os familiares de luto. Não seria nenhuma novidade para os homens de Umuofia fazerem esse tipo de comentário embaraçoso.

A reação na assembleia foi até melhor do que Joseph esperava. Embora Obi tivesse chegado à sua casa às quatro e quinze, Joseph atrasou a partida deles até as cinco horas, horário em que ele sabia que a assembleia estaria lotada. A multa por atraso era de um *penny*, mas o que era aquilo ao lado da glória de desembarcar de um automóvel de luxo sob o olhar de Umuofia inteira? No final, acabou que ninguém pensou em cobrar multa nenhuma. Aplaudiram, saudaram com gritos e dançaram, quando viram o carro parar.

"*Umuofia kwenu!*", gritou um velho.

"Sim!", responderam todos em uníssono.

"*Umuofia kwenu!*"

"Sim!"

"*Kwenu!*"

"Sim!"

"*Ife awolu Ogoli azua n'afia*", disse ele.

Ofereceram para Obi uma cadeira ao lado do presidente e ele teve de responder incontáveis perguntas sobre seu emprego e sobre seu automóvel, antes de a assembleia se acalmar e voltar a tratar de seus assuntos.

Joshua Udo, mensageiro da Agência do Correio, tinha sido demitido por dormir durante o horário de serviço. Segundo ele, não estava dormindo, mas sim pensando. Porém seu chefe andava à procura de um jeito de se livrar dele porque não havia completado o pagamento da propina de dez libras que havia prometido, quando foi admitido no emprego. Joshua agora pedia a seus conterrâneos um "empréstimo" de dez libras para conseguir outro emprego.

A assembleia havia praticamente concordado com aquilo, quando foi agitada pela chegada de Obi. O presidente estava passando o maior sermão em Joshua contra o costume de dormir no trabalho, como uma etapa preliminar para emprestar-lhe recursos públicos.

"Você não saiu de Umuofia e viajou seiscentos e cinquenta quilômetros para dormir em Lagos", disse. "Em Umuofia, há camas de sobra. Se você não quer trabalhar, era melhor voltar para lá. Vocês mensageiros são todos iguais. No meu escritório tem um que toda hora pede licença para ir à latrina. De todo modo, voto para que aprovemos um empréstimo de dez libras para o sr. Joshua Udo com o... eh... eh... propósito explícito de conseguir um novo emprego." A última frase foi proferida em inglês, por causa de sua natureza legal. O empréstimo foi aprovado. Então, a título de um ligeiro alívio, alguém emendou a afirmação do presidente de que era o trabalho que os fazia percorrer seiscentos e cinquenta quilômetros até Lagos. "É o dinheiro, e não o trabalho", disse o homem. "Deixamos trabalho de sobra em casa... Qualquer um que goste de trabalhar pode voltar para casa, pegar seu facão e entrar naquele mato brabo entre Umuofia e Mbaino. Isso vai manter o sujeito ocupado até o fim da vida." A plateia concordou que era o dinheiro e não o trabalho que os havia trazido até Lagos.

"Vamos deixar as brincadeiras de lado", disse o velho que antes havia erguido uma saudação para Umuofia à maneira militar. "Joshua agora está sem emprego. Nós demos dez libras para ele. Mas dez libras não falam. Se a gente puser cem libras aqui onde estou agora, elas não vão falar. É por isso que a gente diz que aquele que tem um povo é mais rico do que aquele que tem dinheiro. Todos nós devemos procurar vagas de emprego nos lugares onde trabalhamos e dizer alguma coisa em favor de Joshua." Isso foi saudado com aplausos e palavras de apoio.

"Graças ao Homem Lá Em Cima", prosseguiu, "agora temos um de nossos filhos no serviço público de primeira classe. Não vamos pedir para ele que traga seu salário e divida com a gente. É em pequenas coisas como esta que ele pode nos ajudar. É culpa nossa se não nos aproximamos dele. Será que devemos matar uma cobra e levá-la na mão quando temos um saco próprio para colocar coisas compridas?" Sentou-se.

"Suas palavras são muito boas", disse o presidente. "Temos em nossas mentes o mesmo pensamento. Mas primeiro precisamos dar tempo ao jovem para olhar em redor e tomar pé das coisas."

A assembleia deu apoio ao presidente por meio de murmúrios. "Vamos dar tempo ao jovem." "Vamos deixar que ele se ajeite primeiro." Obi sentiu-se muito embaraçado. Mas sabia que a intenção deles era boa. Talvez não fosse tão difícil assim lidar com eles.

O ponto seguinte da pauta da reunião era uma moção de censura contra o presidente e o diretor por não terem organizado direito a recepção para Obi. Isso deixou Obi surpreso. Tinha achado que sua recepção havia corrido muito bem. Mas os três jovens que apresentaram a moção não pensavam assim. Tampouco pensavam assim, como ficou claro, mais ou menos uma dúzia de jovens. A queixa era de que eles não tinham ganhado nenhuma das duas dúzias de garrafas de cerveja que foram compradas. As pessoas da direção e os anciãos haviam monopolizado a cerveja, deixando para os jovens dois barriletes de vinho de palma azedo. Como todos sabiam, o vinho de palma de Lagos não era, na verdade, vinho de palma, e sim água — uma diluição infinita.

A acusação provocou uma animada troca de palavras ásperas durante quase uma hora. O presidente chamou os jovens de "ingratos sem coração cuja especialidade era o assassinato de reputações". Um dos jovens sugeriu que era imoral usar recursos públicos para comprar cerveja para matar a sede de particulares. As palavras eram duras, mas Obi, de certo modo, teve a sensação de que elas careciam de virulência; sobretudo por serem palavras inglesas, retiradas diretamente do jornal daquele dia. Quando tudo terminou, o presidente anunciou que o honrado filho deles, Obi Okonkwo, tinha algumas palavras a dizer. A declaração foi recebida com grande júbilo.

Obi se levantou e agradeceu por promoverem uma assembleia tão proveitosa, pois o salmista não dizia que era bom para os irmãos se reunirem em harmonia? "Nossos pais também têm um ditado sobre o perigo de viver separado dos seus. Dizem que isso é a maldição da serpente. Se todas as serpentes vivessem juntas num mesmo lugar, quem é que teria coragem de se aproximar delas? Mas as serpentes deixam que cada uma viva por sua própria conta e por isso se tornam presa fácil para o homem." Obi sabia que estava causando boa impressão. Os ouvintes fizeram que sim com a cabeça e disseram palavras de concordância. Claro que era um discurso preparado de antemão, mas não parecia ensaiado.

Obi falou sobre as esplêndidas boas-vindas que lhe haviam oferecido por ocasião de seu regresso. "Se um homem retorna de uma longa viagem e ninguém lhe diz *nno*, ele se sente como alguém que não chegou." Tentou improvisar uma piada sobre cerveja e vinho de palma, mas não deu certo e Obi se apressou em passar para o ponto seguinte do discurso. Agradeceu-lhes pelo sacrifício que tinham feito para mandá-lo estudar na Inglaterra. Disse que faria o melhor possível para justificar a confiança deles. O discurso que tinha começado cem por cento em língua ibo agora era só cinquenta por cento. Mas a plateia ainda parecia muito impressionada. Eles gostavam de ibo, mas também admiravam o inglês. Por fim entrou no seu tema principal. "Tenho um pequeno pedido a fazer a vocês. Como todos sabem, leva um certo tempo para nos acostumarmos de novo à nossa terra, depois de uma ausência de quatro anos. Tenho muitos assuntos particulares para resolver. Meu pedido é o seguinte: que me concedam quatro meses antes que eu comece a saldar o empréstimo que vocês me fizeram."

"Isso é coisa sem importância", disse alguém. "Quatro meses é um tempo curto. Uma dívida pode envelhecer, mas nunca se desfaz."

Sim, era um assunto sem importância. Mas ficou claro que nem todos pensavam assim. Obi chegou a ouvir alguém perguntar o que ele ia fazer com todo o dinheiro que o governo lhe pagaria.

"Suas palavras são muito boas", disse o presidente, afinal.

"Não creio que ninguém aqui dirá não para o seu pedido. Vamos conceder quatro meses a você. Estou falando por Umuofia?"

"Sim!", responderam.

"Mas há duas palavras que eu queria acrescentar. Você é muito jovem, ontem era uma criança. Agora é um homem que estudou muitos livros. Mas os livros falam por si e a experiência fala por si. Logo, não tenho receio de falar com você."

O coração de Obi começou a bater com força.

"Você é um de nós, portanto temos de abrir nossas mentes para você. Moro aqui em Lagos há quinze anos. Vim para cá no dia 6 de agosto de 1941. Lagos é um lugar ruim para um jovem. Se você for atrás das doçuras daqui, vai perecer. Talvez pergunte por que razão estou dizendo tudo isso. Sei o que o governo paga para funcionários de primeira classe. O que você ganha em um mês é o mesmo que alguns de seus irmãos aqui ganham em um ano. Já disse que vamos lhe conceder quatro meses. Podemos até conceder um ano para você. Mas será que estamos lhe fazendo um bem?"

Um grande bolo se formou na garganta de Obi.

"O que o governo lhe paga é mais do que o bastante, a menos que você siga um mau caminho." Muitas pessoas disseram: "Que Deus o proteja!". "Não podemos bancar o mau caminho", prosseguiu o presidente. "Somos pioneiros constituindo nossas famílias e construindo nossa cidade. E aqueles que constroem têm de negar a si mesmos muitos prazeres. Não devemos beber porque vemos nossos amigos bebendo, nem devemos sair correndo atrás de mulheres porque nossa coisa levanta. Você pode perguntar por que estou aqui dizendo tudo isso, eu soube que você anda saindo com uma garota de ascendência duvidosa, e que até pensa em casar com ela..."

Obi se pôs de pé, tremendo de raiva. Em tais momentos, as palavras sempre lhe faltavam.

"Por favor, sente-se, sr. Okonkwo", disse o presidente com toda a calma.

"Sente-se uma ova!", gritou Obi em inglês. "Isso é um absurdo. Eu podia processar você na justiça por causa desse... desse... desse..."

"Você pode me processar na justiça depois que eu tiver terminado."

"Não vou ouvir mais nada. Retiro meu pedido. Vou começar a pagar no final deste mês. Agora, neste minuto! Mas não se atrevam a interferir em meus assuntos particulares outra vez! E se é para isso que vocês se reúnem", disse em ibo, "podem cortar minhas pernas se algum dia as virem de novo aqui." Virou-se e andou na direção da porta. Várias pessoas tentaram detê-lo. "Por favor, sente-se." "Acalme-se." "Não há motivo para briga." Todos estavam falando ao mesmo tempo. Obi empurrava, abrindo caminho à força, e seguiu às cegas para seu carro, com meia dúzia de pessoas em seus calcanhares, implorando que voltasse.

"Vamos embora!", gritou para o motorista, assim que sentou no carro.

"Obi, por favor", disse Joseph, debruçando-se na janela com ar infeliz.

"Vamos embora!"

O carro partiu. A meio caminho para Ikoyi, mandou o motorista parar e voltar para Lagos, para a casa de Clara.

9.

A perspectiva de trabalhar com o sr. Green e o sr. Omo não atraía muito Obi, mas logo descobriu que não era tão ruim como havia pensado. Para começar, ele recebeu um escritório particular, que dividia com a atraente secretária inglesa do sr. Green. Obi via muito pouco o sr. Omo e só via o sr. Green quando entrava de supetão para esbravejar suas ordens para ele ou para a srta. Marie Tomlinson.

"Ele não é estranho?", disse a srta. Tomlinson certa ocasião. "Mas no fundo não é um mau sujeito."

"Claro que não", respondeu Obi. Ele sabia que muitas secretárias como aquela tinham a função de espionar os africanos. Uma de suas táticas consistia em fingir que eram muito amigáveis e abertas. Era preciso tomar muito cuidado com o que se dizia. Não que Obi se importasse se o sr. Green soubesse o que ele pensava a seu respeito. Na verdade, devia saber. Mas não conseguia nada por meio de um *agent provocateur*.

À medida que as semanas se passavam, porém, pouco a pouco Obi foi baixando a guarda. Começou com uma visita de Cla-

100

ra a seu escritório, certa manhã, para lhe falar alguma coisa sem importância. A srta. Tomlinson tinha ouvido a voz dela no telefone algumas vezes e havia comentado como era bonita. Obi apresentou as duas e ficou um pouco surpreso com o autêntico prazer da mulher inglesa. Quando Clara saiu, ela não falou de outra coisa o resto do dia. "Como ela é linda! Você é mesmo um sujeito de sorte! Quando vão casar? Se fosse você, eu não esperaria nem um dia", e assim por diante.

Obi sentiu-se como um acanhado menino na escola que recebe seu primeiro elogio por fazer algo extraordinariamente inteligente. Passou a ver a srta. Tomlinson sob uma luz diferente. Se aquilo fazia parte de sua tática, era de fato uma tática muito ardilosa e merecia elogios. Mas não parecia uma manobra ardilosa nem forçada. Parecia ter vindo direto do coração.

O telefone tocou e a srta. Tomlinson atendeu. "Sr. Okonkwo? Certo. Ele já vai atender. É para você, sr. Okonkwo."

O telefone de Obi era uma extensão do da secretária. Obi pensou que era Clara, mas era apenas a recepcionista no térreo. "Um cavalheiro? Mande subir, por favor. Quer falar comigo aí? Tudo bem, eu vou descer. Já estou indo."

O cavalheiro estava de terno e colete e levava um guarda-chuva fechado. Obviamente alguém recém-chegado da Inglaterra.

"Bom dia. Meu nome é Okonkwo."

"O meu é Mark. Como vai?"

Apertaram as mãos.

"Vim consultá-lo a respeito de um assunto... semioficial e semiparticular."

"Vamos subir ao meu escritório, não é melhor?"

"Muito obrigado."

Obi lhe mostrou o caminho.

"O senhor acabou de voltar para a Nigéria?", perguntou ele enquanto subiam a escada.

"Já estou aqui há seis meses."

"Compreendo." Ele abriu a porta. "Entre na frente, por favor."

O sr. Mark entrou no escritório e depois se deteve de repente, como se tivesse visto uma cobra no meio de seu caminho. Mas se recuperou depressa e seguiu em frente.

"Bom dia", disse para a srta. Tomlinson, sorrindo muito. Obi puxou mais uma cadeira para perto de sua mesa e o sr. Mark sentou-se.

"O que posso fazer pelo senhor?"

Para sua surpresa, o sr. Mark respondeu em ibo:

"Se não se importa, podemos falar em ibo? Eu não sabia que o senhor tinha uma pessoa europeia aqui."

"Como preferir. Na verdade, eu não pensei que o senhor fosse ibo. Qual é o problema?" Obi tentou parecer natural.

"Bem, é o seguinte. Tenho uma irmã que acabou de tirar o Diploma da Escola no Grau Um. Ela quer pedir uma bolsa de estudos federal para estudar na Inglaterra."

Embora falasse em ibo, havia algumas palavras que ele tinha de falar em inglês. Palavras como *diploma da escola* e *bolsa de estudos*. Ele baixava a voz até um sussurro quando pronunciava aquelas palavras.

"O senhor quer os formulários para dar entrada no pedido?", perguntou Obi.

"Não, não, não. Eu já tenho. A questão é a seguinte. Eu soube que o senhor é o secretário da Comissão de Bolsas de Estudo e achei que devia vir conversar com o senhor. Nós dois somos ibos e não posso esconder nada do senhor. Preencher os formulários e dar entrada no pedido é muito bom, mas o senhor sabe como é este país. A menos que a gente se encontre com as pessoas..."

"Nesse caso não é necessário encontrar ninguém. A única..."

"Eu estava até pensando em ir à sua casa, mas o homem que me falou do senhor não sabia onde o senhor morava."

"Lamento, sr. Mark, mas de fato eu não estou entendendo o que o senhor quer dizer." Obi falou isso em inglês, para grande choque do sr. Mark. A srta. Tomlinson levantou as orelhas como um cão que desconfia de que alguém falou em ossos.

"Desculpe... bem... sr. Okonkwo. Mas não me entenda mal. Sei que este é o lugar errado para... bem..."

"Acho que não faz nenhum sentido continuar esta conversa", disse Obi de novo em inglês. "Se não se importa, estou muito ocupado." Ficou de pé. O sr. Mark também se levantou, sussurrou algumas desculpas e seguiu rumo à porta.

"Ele esqueceu o guarda-chuva", observou a srta. Tomlinson, quando Obi voltou para sua cadeira.

"Ah, meu Deus!" Pegou o guarda-chuva e correu atrás do homem.

A srta. Tomlinson estava ansiosa para ouvir o que ele ia dizer quando voltou, mas Obi se limitou a sentar, como se nada tivesse acontecido, e abriu uma pasta. Sabia que ela o observava e ele franziu a testa, fingindo estar concentrado.

"Foi rápido e rasteiro", disse ela.

"Ah, é. É um inconveniente." Obi não ergueu os olhos e a conversa morreu ali mesmo.

Durante a manhã inteira, Obi sentiu-se estranhamente eufórico. Não era diferente do sentimento que tivera alguns anos antes, na Inglaterra, depois de sua primeira mulher. Ela quase declarou abertamente para que iria à sua casa, quando concordou em visitá-lo. "Vou ensinar você a dançar o *high-life* quando for lá", disse Obi. "Vai ser ótimo", respondeu ela, ansiosa. "E talvez me ensine também um pouco de *low life*."* E sorriu de um jeito malicioso. Quando chegou o dia, Obi estava apavorado. Tinha ouvido dizer que é possível decepcionar uma mulher. Mas não a decepcionou e, quando terminou, sentiu-se estranhamente eufórico. Ela disse que teve a impressão de ter sido atacada por um tigre.

Depois de seu encontro com o sr. Mark, Obi sentiu-se de fato um tigre. Tinha vencido sua primeira batalha com um pé nas costas. Todo mundo dizia que era impossível vencer. Diziam que um homem sempre espera que o outro aceite "cola" da mão dele em troca de serviços prestados e, até que a pessoa faça isso, sua mente nunca terá repouso. Obi sentia-se como um falcão inexperiente que apanha no bico um patinho miúdo e a mãe ordena que ele solte o bichinho, porque o pato não disse nada, não fez barulho, ficou quieto. "Existe um grave perigo nesse tipo de silêncio. Vá e pegue um pintinho. A gente conhece a galinha. Ela grita e prágueja, e a encrenca termina por aí." Um homem para quem a gente faz um favor não vai compreender se a gente não disser nada, não fizer barulho nenhum, simplesmente se afastar. Podemos causar mais problemas recusando uma propina do que aceitando. Não foi um ministro de Estado que disse, ainda que num momento desprevenido, alcoólico, que o problema não estava em receber propinas, mas em não conseguir fazer aquilo para que deram a propina? E se a pessoa recusa, como vai saber que um "irmão" ou um "amigo" não vai recebê-la em seu favor, depois de espalhar para todo mundo que é o seu agente? Besteira, absurdo! Era fácil manter as mãos limpas. Exigia apenas a capacidade de dizer: "Desculpe, sr. Fulano, mas não posso continuar esta conversa. Bom dia". É claro, não se devia ser ar-

---

* *High-life* (vida alta, alta sociedade) era um tipo de música originário de Gana que se propagou pela Nigéria. *Low* (baixo) é antônimo de *high*. (N. T.)

104

rogante a troco de nada. Afinal, a tentação não era de fato irresistível. Mas, mesmo com todo o recato, não se podia dizer que ela não havia existido. Obi achava cada vez mais impossível viver com aquilo que lhe restava de suas 47 libras e dez, depois de pagar vinte à União Progressista de Umuofia e mandar mais dez para os pais. Agora ele já não sabia de onde ia sair o dinheiro para pagar o próximo período da escola de John. Não, ninguém podia dizer que ele não sentia falta de dinheiro.

Tinha acabado de almoçar purê de inhame e sopa de *egusi* e estava esparramado no sofá. A sopa estava especialmente bem-feita — com carne e peixe fresco — e Obi tinha comido demais. Toda vez que comia purê de inhame em excesso, sentia-se como uma jiboia que houvesse engolido uma cabra. Esparramava-se impotente no sofá, esperando que uma parte do almoço fosse digerida e assim sobrasse algum espaço para ele respirar.

Um carro parou lá fora. Obi pensou que era um dos cinco moradores do prédio de seis apartamentos. Não conhecia nenhum deles pelo nome e só conhecia um de vista. Eram todos europeus. Obi falava mais ou menos uma vez por mês com um deles, o homem alto do Departamento de Obras Públicas que morava no outro lado do corredor, no mesmo andar que ele. Mas sua conversa com o homem nada tinha a ver com o fato de morarem no mesmo andar. Aquele era o homem encarregado do jardim comum e recolhia dezesseis *pence* mensais de todos os moradores para pagar ao jardineiro. Assim Obi o conhecia bem, de vista. Também conhecia um dos moradores do andar de cima, que todo sábado à noite trazia uma prostituta para casa.

O carro arrancou de novo. Sem dúvida era um táxi, pois só motoristas de táxi ligavam o motor daquele jeito. Houve uma tímida batida na porta de Obi. Quem podia ser? Clara estava no trabalho naquela tarde. Talvez o Joseph. Agora já fazia meses que Joseph vinha tentando recuperar, nas afeições de Obi, o lugar feliz que ele havia perdido na fatídica assembleia da União Progressista de Umuofia. Seu crime foi ter contado ao presidente, em caráter confidencial, o noivado de Obi com uma garota pária. Joseph tinha implorado perdão: só contara aquilo ao presidente em caráter confidencial, na esperança de que ele usasse sua posição como pai do povo de Umuofia em Lagos a fim de defender, de forma reservada, a causa de Obi.

"Deixe para lá", disse-lhe Obi. "Vamos esquecer esse assunto." Mas ele não esqueceu. Parou de ir à casa de Joseph. Quanto a Clara, ela não queria saber de pôr os olhos em Joseph outra vez. Obi às vezes ficava surpreso e assustado com a virulência do ódio dela, sabendo como gostara dele antes. Agora Joseph era falso, era invejoso, era até capaz de envenenar Obi. O incidente, como um banho de vinho de palma em incipientes pintas de sarampo, havia aberto as erupções mais feias.

Obi abriu a porta com uma expressão bem sombria no rosto. Em vez de Joseph, havia uma garota parada na porta.

"Boa tarde", disse ele, completamente transformado.

"Queria falar com o sr. Okonkwo", disse ela.

"Sou eu mesmo. Pode entrar." Ficou surpreso com a própria alegria; afinal, a garota era uma completa desconhecida para ele, embora fosse muito atraente. Portanto, Obi deixou de lado sua agressividade.

"Sente, por favor. Aliás, acho que não nos conhecemos."

"Não. Sou Elsie Mark."

"Prazer em conhecê-la, srta. Mark." Ela deu o mais delicioso dos sorrisos, mostrando um conjunto de dentes perfeitos. Havia um pequenino vão entre os dois dentes da frente, muito parecidos com os dentes de Clara. Alguém tinha dito que garotas com esse tipo de dente são fogosas. Ele sentou-se. Não estava tímido como em geral se mostrava com garotas, e no entanto não sabia o que ia dizer em seguida.

"O senhor deve estar surpreso com a minha visita." Ela agora falava em ibo.

"Não sabia que você era ibo." Assim que falou, uma luz se acendeu em sua cabeça. O que restara de alegria se desfez. A garota devia ter notado a mudança em sua fisionomia, ou talvez algum movimento das mãos. Evitou os olhos de Obi e suas palavras soaram hesitantes. Estava tateando o terreno escorregadio, um pé cauteloso de cada vez, antes de lançar todo seu corpo.

"Peço desculpas por meu irmão ter ido ao seu escritório. Eu disse para ele não fazer isso."

"Está tudo bem", Obi se viu dizendo. "Eu disse para ele que... bem... com o seu diploma de Grau Um você tinha uma chance muito boa de conseguir a bolsa. Tudo depende de fato de você, se conseguir causar uma boa impressão nos membros da comissão durante a entrevista."

"O mais importante", disse ela, "é ter certeza de que vou ser selecionada para me apresentar diante da comissão."

"Sim. Mas, como eu disse, você tem ótimas chances, melhores do que qualquer outro."

"Mas pessoas com o Grau Um às vezes são preteridas em favor de outras que têm apenas o Grau Dois, ou até o Três."

"Não tenho dúvida de que isso às vezes pode ocorrer. Mas se não houver nada anormal... Desculpe, não ofereci nada para você. Sou um péssimo anfitrião. Posso lhe servir uma Coca-Cola?" Ela sorriu timidamente com os olhos. "Sim?" Obi correu para sua geladeira e trouxe uma garrafa. Levou bastante tempo para abrir e servir num copo. Estava pensando furiosamente.

Ela aceitou o copo e sorriu em sinal de agradecimento. Devia ter dezessete ou dezoito anos. Não passa de uma menina, pensou Obi. E já tão habilidosa nas coisas do mundo. Ficaram sentados e em silêncio por muito tempo.

"No ano passado", disse ela, de repente, "nenhuma das garotas de nossa escola que tiraram Grau Um ganhou bolsa de estudos."

"Talvez não tenham causado boa impressão na comissão."

"Não foi isso. Foi porque não foram ver os membros da comissão em suas casas."

"Então você pretende ver os membros da comissão."

"Sim."

"Será que uma bolsa de estudos é tão importante assim? Por que algum parente seu não paga para você estudar numa universidade?"

"Papai gastou todo seu dinheiro com nosso irmão. Foi estudar medicina, mas não foi aprovado nas provas. Mudou para o curso de engenharia e foi reprovado de novo. Ficou na Inglaterra por doze anos."

"É o homem que falou comigo hoje?" Ela fez que sim com a cabeça. "Como ele ganha a vida?"

"Dá aulas numa escola secundária comunitária." Agora ela parecia muito triste. "Ele voltou no fim do ano passado, porque nosso pai morreu e ficamos sem dinheiro."

Obi sentiu muita pena dela. Era obviamente uma garota inteligente, que estava determinada a cursar a universidade, como tantos outros jovens nigerianos. E quem poderia condená-la por isso? Não Obi, é certo. Era hipocrisia demais perguntar se uma bolsa de estudos era tão importante assim ou se valia tanto a pena assim ter um curso universitário. Todos os nigerianos sabiam a resposta. Era, sim.

Um diploma universitário era a pedra filosofal. Transformava um secretário de terceira classe, com um salário de 150 por ano, num funcionário civil de primeira classe, com um salário de 570 por ano, com carro e residência luxuosamente mobiliada, com um aluguel simbólico. E a disparidade no salário e nas mordomias não contavam nem a metade da história. Ocupar um "emprego europeu" só perdia para ser de fato um europeu. Bastava isso para alçar um homem das massas para a elite, cuja conversa corriqueira nas festas e coquetéis era: "Que tal o desempenho desse carro?".

"Por favor, sr. Okonkwo, o senhor precisa me ajudar. Farei tudo o que o senhor quiser." Ela evitou o olhar dele. Sua voz estava um pouco vacilante e Obi achou ver uma ponta de lágrima em seus olhos.

"Desculpe, peço mil desculpas, mas não vejo como eu posso fazer qualquer promessa."

Mais um carro estacionou lá fora, e os pneus guincharam no asfalto, e Clara entrou correndo, como era seu costume, cantarolando uma canção popular. Parou abruptamente ao ver a garota.

"Oi, Clara. Esta é a srta. Mark."

"Como vai?", disse ela, muito tensa, com um ligeiro meneio de cabeça, sem lhe estender a mão. "O que achou da sopa?", perguntou para Obi. "Acho que cozinhei com muita afobação." Naquelas duas frases curtas, ela tentou estabelecer um ou dois fatos para a garota desconhecida. Primeiro, lançando mão de seu sofisticado sotaque não nigeriano, mostrou que tinha vivido na Inglaterra. Dava para perceber quem tinha vivido na Inglaterra não só pela fonética, mas também pelo jeito de andar — rápido, passos curtos, em vez dos passos vagarosos de costume. Em companhia de suas irmãs menos afortunadas, Clara sempre achava um pretexto para dizer: "Quando morei na Inglaterra...". Em segundo lugar, seu ar de proprietária parecia dizer à garota: "É melhor você ir tentar em outra parte".

"Pensei que você estava trabalhando hoje à tarde."

"Enganou-se. Hoje estou de folga."

"Por que então você teve de ir embora depois da fazer a sopa?"

"Ah, eu tinha tanta coisa para lavar. Não vai me oferecer nada para beber? Está bem, deixe que eu me sirvo."

"Mil desculpas, querida. Sente-se. Vou pegar para você."

"Não. Demorou." Ela foi à geladeira e pegou uma garrafa de cerveja de gengibre. "O que aconteceu com a outra garrafa de cerveja de gengibre?", perguntou. "Tinha duas."

"Acho que você mesma bebeu ontem."

"Bebi? Ah, é, me lembro." Voltou e afundou pesadamente no sofá ao lado de Obi. "Puxa, como está quente."

"Acho melhor eu ir embora", disse a srta. Mark.

"Desculpe se não posso lhe dar nenhuma garantia", disse Obi e levantou-se. Ela não respondeu, apenas sorriu com tristeza.

"Como vai voltar à cidade?"

"Acho que vou pegar um táxi."

"Vou levá-la até a Tinubu Square. Aqui é raro passar um táxi. Vamos, Clara, vamos levá-la até Tinubu."

"Lamento ter chegado numa hora tão imprópria", disse Clara quando voltavam da Tinubu Square para Ikoyi.

"Não seja ridícula. Por que diz que foi uma hora imprópria?"

"Você achou que eu estava trabalhando." Ela riu. "Desculpe por isso. Mas afinal quem é ela? Tenho de admitir que é muito bonita. E eu cheguei e pus areia no seu *garri*. Desculpe, querido."

Obi lhe disse para não se comportar como uma menininha tola. "Não vou lhe dizer mais nenhuma palavra, se não parar com isso", disse ele.

"Você não precisa me dizer nada, se não quiser. Vamos fazer uma visita ao Sam?"

Quando chegaram lá, o ministro não estava em casa. Pelo visto, havia uma reunião do Gabinete.

"O senhor e a madame querem beber?", perguntou o mordomo.

"Não se preocupe, Samson. Apenas diga ao ministro que passamos aqui."

"Os senhores vão voltar mais tarde?", perguntou Samson.

"Hoje não."

"Quer dizer que não vão beber alguma coisinha?"

"Não, obrigado. Vamos beber quando viermos outra vez. Até logo."

Quando voltaram ao apartamento de Obi, ele disse: "Hoje tive uma experiência muito interessante". E contou para ela a visita do sr. Mark ao seu escritório e lhe fez um relato minucioso de tudo o que ele e a srta. Mark haviam conversado antes de ela chegar.

Quando terminou, Clara ficou em silêncio por um tempo.

"Está satisfeita?", perguntou Obi.

"Acho que você foi muito severo com o homem", disse.

"Acha que eu deveria tê-lo encorajado a falar em me subornar?"

"Afinal, oferecer dinheiro não é tão ruim quanto oferecer o corpo de alguém. E ainda assim você deu a ela algo para beber e a levou de carro até a cidade." Clara riu. "Tem mesmo de tudo neste mundo."

Obi ficou admirado.

10.

Por um breve momento, um ano antes, o sr. Green tinha se interessado pelos assuntos pessoais de Obi — se é que se pode falar em interesse, nesse caso. Obi tinha acabado de receber seu carro novo.

"É bom você se lembrar", disse o sr. Green, "que todo ano nessa época você será convocado para pagar quarenta libras de seguro." Foi como a voz de Joel, o filho de Petuel. "Isso não é da minha conta, é claro. Mas num país onde mesmo as pessoas instruídas não chegaram ao nível de pensar no dia de amanhã, nosso dever é bem claro." Pronunciou a palavra "instruídas" como se tivesse sabor de vômito. Obi lhe agradeceu o conselho.

E agora havia chegado afinal o dia do Senhor. Ele desdobrou a carta da renovação do seguro na mesa na sua frente. Quarenta e duas libras! Obi tinha apenas pouco mais de treze libras no banco. Dobrou a carta e guardou dentro de uma gaveta onde ficavam suas coisas pessoais, como recibos, selos do correio e extratos quinzenais do banco. Uma carta numa caligrafia semianalfabeta chamou sua atenção. Apanhou-a e leu de novo.

Caro Senhor

É absolutamente deplorável para mim ter de lhe suplicar com todo o respeito que me preste sua ajuda. De um lado, parece vergonhoso da minha parte pedir essa ajuda, mas, para ser sincero comigo mesmo, diante da verdade que estou carente em razão de uma necessidade, quero que o senhor me perdoe. Meu pedido para o senhor é de 30 — (trinta *shillings*), garantindo ao senhor com toda a franqueza que farei o reembolso rapidamente, no dia do pagamento, 26 de novembro de 1957.

Com toda a consideração.

Seu fiel servidor,

Charles Ibe.

Obi tinha esquecido por completo aquele assunto. Não admira que Charles ficasse entrando e saindo de seu escritório o tempo todo, sem parar, para trocar cumprimentos em ibo. Charles era um dos mensageiros do departamento. Obi tinha lhe perguntado qual era aquela grande necessidade e ele respondeu que sua esposa havia acabado de dar à luz seu quinto filho. Obi, que por acaso estava com quatro libras no bolso, lhe emprestou trinta *shillings* na mesma hora e não pensou mais no assunto — até agora. Mandou chamar Charles e lhe perguntou em ibo (para que a srta. Tomlinson não compreendesse) por que ele não havia cumprido sua promessa, Charles coçou a cabeça e renovou sua promessa, dessa vez para o final de dezembro.

"Vai ser difícil para mim confiar em você no futuro", disse Obi em inglês.

"Ah, não, *Oga*, senhor. Não ser assim, eu implore. Vou pagar no fim de mês, sem falta." E então voltou a falar em ibo. "Nosso povo tem um ditado que diz que uma dívida pode mofar, mas nunca apodrece. Tem muita gente neste departamento, mas não fui pedir a eles. Vim pedir ao senhor."

"Foi muita bondade sua", disse Obi, sabendo muito bem que sua causa ia ser perdida. E foi mesmo.

"Sim, tem muita gente aqui, mas não fui falar com eles. Adotei o senhor como meu patrão especial. Nosso povo tem um ditado que diz que, quando tem um grande, três pequenos sobem nas costas dele para tocar no sol. O senhor pode ser um menino na idade, mas..."

"Muito bem, Charles. Fim de dezembro. Se você não pagar, vou comunicar o assunto ao sr. Green."

"Ah! Eu não deixar de pagar de jeito nenhum. Se eu faltar à palavra com meu *Oga*, quem vou poder procurar próxima vez?"

E com essa nota retórica, o assunto ficou acertado até segunda ordem. Obi olhou para a carta de Charles mais uma vez e viu, com um prazer irônico, que no manuscrito original ele havia escrito: "Meu pedido para o senhor é só de 30 — (trinta *shillings*)", mas depois tinha riscado o "só", sem dúvida após uma ponderada reflexão.

Enfiou a carta de novo na gaveta para passar a noite junto com a conta da companhia de seguro. Não havia o que fazer a não ser ir falar com o gerente do banco no dia seguinte de manhã e pedir um saque a descoberto no valor de cinquenta libras. Tinham dito a Obi que era bastante fácil para um funcionário público de alto escalão, cujo salário era pago no banco, obter um saque a descoberto daquele valor. Por enquanto, fazia pouco sentido pensar mais no assunto. A atitude de Charles era seguramente a mais saudável nas circunstâncias. Se não risse, teria de chorar. Parecia que a Nigéria tinha sido construída daquele jeito.

Mas não havia no mundo filosofia capaz de afastar de sua mente aquele aviso do seguro. "Ninguém pode dizer que fui perdulário. Se eu não tivesse mandado trinta e cinco libras no mês passado para pagar o tratamento da mamãe num hospital privado, eu estaria numa situação boa — ou, se não exatamente boa, pelo menos daria para respirar. De um jeito ou de outro, vou superar isso", tranquilizou-se. "O começo tinha de ser mesmo um pouco difícil. Como é que o nosso povo diz? O começo do choro é sempre difícil. Não é o que se pode chamar de um provérbio feliz, mesmo assim é verdadeiro."

Se a União Progressista de Umuofia tivesse lhe garantido quatro meses de carência, as coisas poderiam ter corrido de outro jeito. Mas tudo isso agora eram águas passadas. Ele havia travado sua disputa com a União. Estava bem claro que eles não queriam lhe fazer mal. E ainda que quisessem, não era verdade, como disse o presidente na reunião de reconciliação, que a raiva com uma pessoa da mesma família era sentida na carne, e não na medula? A União tinha apelado para que ele aceitasse os quatro meses de carência a partir daquele momento. Mas Obi recusou, com a mentira de que suas circunstâncias agora eram mais favoráveis.

E quando se parava para pensar de forma objetiva no assunto — como se a questão dissesse respeito ao sr. B., e não a ele mesmo —, por acaso seria possível pôr a culpa naqueles homens pobres por se mostrarem críticos em relação a um homem que ocupa um cargo de alto escalão no funcionalismo público e que parece relutar em pagar vinte libras por mês? Eles recolheram implacavelmente todos os meses dinheiro do próprio bolso a fim de levantar oitocentas libras para mandá-lo estudar na Inglaterra. Alguns daqueles homens ganhavam menos de cinco libras por mês. Obi ganhava cinquenta. Eles tinham esposas e filhos na escola; Obi não tinha nada disso. Depois de pagar as vinte libras, sobravam trinta. E muito em breve receberia um aumento no ordenado que, sozinho, era do tamanho do salário de algumas pessoas.

Obi admitia que seu povo tinha uma dose considerável de razão. O que eles não sabiam era que, tendo trabalhado duro, com suor e lágrimas, para inscrever seu irmão nas fileiras da elite esplendorosa, precisavam mantê-lo lá. Tendo transformado Obi em membro de um clube exclusivo cujos sócios se cumprimentam dizendo "Que tal o desempenho desse carro?", esperavam mesmo que ele desse meia-volta e respondesse: "Desculpe, mas meu carro está fora de circulação. Veja, não pude pagar o prêmio de meu seguro"? Isso seria cometer um grande erro, de um jeito até inimaginável. Quase tão inimaginável quanto seria um espírito mascarado na antiga sociedade ibo responder a uma saudação esotérica de outro espírito mascarado deste modo: "Desculpe, meu amigo, mas não compreendo seu linguajar estranho. Não passo de um ser humano com uma máscara". Não, tais coisas não podiam acontecer. O povo ibo, em sua honestidade, havia inventado um provérbio que diz que não é correto pedir a um homem com elefantíase no escroto que pegue também varíola, quando milhares de pessoas não tiveram nem sua cota de doenças banais do dia a dia. Sem dúvida, isso não é direito. Mas acontece. Como dizem, "tem de tudo nesse mundo".

Depois de negociar um empréstimo de cinquenta libras no banco e ir direto entregar o dinheiro para a companhia de seguro, Obi voltou ao escritório para encontrar sua conta de luz do mês de novembro. Quando abriu, chegou bem perto de chorar. Cinco libras e setenta e três.

"Algum problema?", perguntou a srta. Tomlinson.

"Ah, não. Não é nada." Recuperou-se. "É só minha conta de luz."

"Quanto o senhor gasta por mês?"

"Esta conta é de cinco libras e setenta e três."

"É puro roubo o que cobram pela eletricidade aqui. Na Inglaterra a gente paga menos do que isso num trimestre inteiro."

Obi não estava a fim de fazer comparações. O súbito impacto da cobrança da companhia de seguros havia despertado Obi para a real natureza de sua situação financeira. Avaliou a perspectiva dos próximos meses e achou que a situação era muito alarmante. No fim do mês, teria de renovar a licença do carro. Pagar um ano inteiro estava fora de questão, mas pagar só um trimestre já custava quatro libras. E depois, os pneus. Talvez pudesse adiar por um mês ou um pouco mais a substituição dos pneus, mas já estavam totalmente carecas. Todos diziam que era surpreendente que seu primeiro jogo de pneus não tivesse durado dois anos ou pelo menos um ano e meio. Obi não podia pagar trinta libras por quatro pneus novos. Portanto, teria de recauchutar seu atual jogo de pneus, um de cada vez, começando com o estepe que estava na mala. Isso cortaria a despesa pela metade. Provavelmente iam durar só uns seis meses, como tinha dito a srta. Tomlinson. Mas seis meses talvez fosse tempo bastante para que as coisas melhorassem um pouco. Ninguém falou nada com ele sobre o imposto de renda. Aquilo também chegaria, mas só dali a dois meses.

Assim que terminou o almoço, tratou imediatamente de implementar medidas drásticas de economia em seu apartamento. Seu novo criado, Sebastian, ficou espantado, sem dúvida imaginando que bicho tinha mordido o patrão. Obi começou o almoço reclamando que tinha carne demais na sopa.

"Não sou nenhum milionário, sabia?", disse ele. E Clara usava duas vezes mais carne, quando ela mesma fazia a sopa, pensou Sebastian.

"No futuro", continuou Obi, "só lhe darei dinheiro para fazer compras uma vez por semana."

Todos os interruptores do apartamento acendiam duas lâmpadas. Obi tratou de podar aquela despesa. A regra, para o futuro, era uma lâmpada por interruptor. Muitas vezes ele se perguntou por que tinha de haver duas lâmpadas no banheiro e no lavatório. Era uma coisa típica do planejamento do governo. Não havia nenhuma luz na escada de concreto que atravessava o meio do edifício, e o resultado era que as pessoas esbarravam umas nas outras ou escorregavam nos degraus. E ainda assim havia duas lâmpadas no lavatório, onde ninguém precisava olhar com tanta minúcia o que estava fazendo.

Depois de resolver a questão das lâmpadas, Obi virou-se de novo para Sebastian: "No futuro, o aquecedor de água não deve ficar ligado. Vou tomar banho frio. A geladeira deve ser desligada às sete horas da noite e ser ligada de novo ao meio-dia. Compreendeu?"

"Sim, senhor. Mas a carne não vai estragar?"

"Não precisa comprar um monte de carne de uma só vez."

"Sim, senhor."

"Hoje compre pouca coisa. Quando terminar, compre pouca coisa de novo."

"Sim, senhor. Mas acho que o senhor falou para fazer compras só uma vez por semana."

"Eu não falei nada disso. Falei que só ia lhe dar dinheiro uma vez por semana."

Agora Sebastian compreendeu. "É a mesma coisa. Em vez de me dar dinheiro duas vezes, o senhor agora vai me dar dinheiro uma vez."

Obi sabia que não ia chegar muito longe se insistisse naquela discussão de modo abstrato.

De noite, teve um grave desentendimento com Clara. Não queria lhe contar sobre o empréstimo, mas assim que ela o viu, perguntou qual era o problema. Obi tentou se esquivar com alguma desculpa. Mas não tinha planejado nada e assim a história não fazia sentido. A maneira que Clara usava para arrancar algum segredo de Obi não era brigar, mas recusar-se a falar. E como em geral era ela que preenchia três quartos da conversa quando os dois estavam juntos, o silêncio logo ficou difícil de suportar. Então foi Obi que perguntou qual era o problema, o que em geral era o prelúdio para ela fazer o que bem entendia.

"Por que não me contou?", perguntou Clara quando Obi lhe falou do empréstimo.

"Bem, não havia necessidade. Vou pagar com facilidade, em cinco prestações mensais."

"Mas não é essa a questão. Você acha que eu não devo saber quando você está em apuros?"

"Eu não estava em apuros. Eu nem teria falado do assunto, se você não tivesse me pressionado."

"Sei", foi tudo o que Clara falou. Atravessou a sala, apanhou uma revista feminina que estava no chão e começou a ler.

Após alguns minutos, Obi falou, com sucinta despreocupação: "É muito grosseiro ficar lendo quando se tem uma visita".

"Você devia saber que tive uma criação muito ruim." Qualquer comentário sobre a família dela constituía um tema muito arriscado e muitas vezes terminava em lágrimas. Agora mesmo os olhos de Clara começavam a parecer reluzentes.

"Clara", disse ele, pondo o braço em torno dela. Estava toda tensa. "Clara." Ela não respondeu. Virava as páginas da revista de maneira mecânica. "Não entendo por que você quer brigar." Nenhum som. "Acho melhor eu ir embora."

"Também acho."

"Clara, me desculpe."

"Desculpar o quê? Vá embora, *ojare*." Empurrou para o lado o braço de Obi.

Ele ficou parado mais alguns minutos, olhando fixamente para o chão.

"Está certo." Ficou de pé com um movimento brusco. Clara permaneceu onde estava, virando as páginas da revista.

"Até logo."

"Até."

* * *

Quando voltou ao apartamento, disse para Sebastian não fazer sopa.

"Eu já comecei."

"Então pode parar", gritou, e foi para o quarto. Deteve-se um instante para olhar a foto de Clara sobre a mesinha de cabeceira. Virou-a deitada para baixo e foi trocar de roupa. Jogou a roupa sobre os ombros, à maneira de uma toga, e retornou à sala de estar para pegar um livro. Olhou as prateleiras algumas vezes, sem decidir o que ler. Então seus olhos pousaram em *Poemas escolhidos*, de A. E. Housman. Pegou o volume e voltou para o quarto. Apanhou a fotografia de Clara e colocou-a de pé outra vez. Em seguida, deitou-se.

Abriu o livro na página marcada por um pedaço de papel, a pontinha franzida e amarelada pela poeira. Ali estava escrito um poema intitulado "Nigéria".

Deus abençoe nossa nobre terra natal,
Grande terra de sol brilhante,
Onde homens bravos optam pela paz,
Para vencer sua luta pela liberdade.
Tomara que possamos conservar nossa pureza,
Nosso entusiasmo pela vida e jovialidade.

Deus abençoe nossos nobres compatriotas,
Homens e mulheres de toda parte.
Ensine-os a caminhar unidos
Para construir nossa querida nação,
Deixando de lado região, tribo ou língua,
Mas sempre atentos uns aos outros.

No pé do pedaço de papel, estava escrito "Londres, julho de 1955". Obi sorriu, colocou o papel de novo no mesmo lugar e começou a ler seu poema predileto, "Hino de Páscoa".

11.

Obi agora se entendia às mil maravilhas com a srta. Tomlinson. Ele havia começado a baixar a guarda pouco a pouco desde o dia em que ela demonstrou grande entusiasmo por Clara. Agora, para Obi, ela era Marie e, para ela, ele era Obi.

"Srta. Tomlinson é muito comprido", disse ela um dia. "Por que não me trata por Marie? É mais comum."

"Eu mesmo ia sugerir isso. Mas você não é *comum*. Você é o exato oposto de comum."

"Ah", exclamou ela com um delicioso movimento de cabeça. "Muito obrigada." Levantou-se e executou uma reverência jocosa.

Os dois conversavam com franqueza sobre muitas coisas. Toda vez que não havia nada urgente para resolver, Marie tinha o costume de cruzar os braços e apoiá-los sobre a máquina de escrever. Ficava esperando naquela posição, até Obi levantar os olhos do que estava fazendo. O sr. Green era, em geral, o tema das conversas, ou pelo menos o pretexto para iniciá-las. Uma vez começada, a conversa tomava qualquer direção.

"Fui tomar chá com o sr. e a sra. Green ontem", ela podia dizer. "Formam um casal simpaticíssimo, sabe? Em casa, ele é conpletamente diferente. Sabia que ele paga as mensalidades dos filhos do criado? Mas diz as coisas mais ofensivas sobre os africanos instruídos." "Eu sei", disse Obi. "Ele daria muito assunto interessante para um psicólogo. Charles — o mensageiro, sabe? — me contou que um tempo atrás quiseram demiti-lo porque estava dormindo no trabalho. Mas quando o assunto foi levado ao sr. Green, ele rasgou a ficha do inquérito administrativo da pasta pessoal do Charles. Disse que o pobre homem devia estar sofrendo de malária, e no dia seguinte comprou para ele um frasco de quinino."

Marie estava à beira de acrescentar mais um tijolo na reconstrução que os dois estavam fazendo de um personagem estranho, quando o sr. Green a chamou para tomar nota de um documento. Ela ia dizer que o sr. Green era um cristão muito devoto, um diácono na Igreja Colonial.

Havia tempo que Obi passara a admitir para si mesmo que, por mais que o sr. Green lhe desagradasse, ele tinha algumas qualidades admiráveis. Por exemplo, sua dedicação ao serviço. Com chuva ou sol, estava no escritório meia hora antes do horário oficial, e muitas vezes trabalhava até muito depois das duas horas, ou voltava de novo ao anoitecer. Obi não entendia aquilo. Ali estava um homem que não acreditava num país, e mesmo assim trabalhava duro por ele. Será que acreditava no dever simplesmente como uma necessidade lógica? Vivia adiando sua consulta ao dentista porque, como sempre dizia, tinha um trabalho urgente para fazer. Era como um homem que tem uma tarefa grandiosa e suprema que deve ser concluída antes que ocorra uma catástrofe final. Aquilo fazia Obi se lembrar de uma coisa que tinha lido sobre Mohammed Ali do Egito, que quando velho trabalhou freneticamente para modernizar seu país, antes de sua morte.

No caso do sr. Green, era difícil enxergar qual era seu prazo, a menos que fosse a independência da Nigéria. Diziam que tinha pedido demissão quando se pensou que a Nigéria podia ficar independente, em 1956. Depois se viu que isso não ocorreria, e o sr. Green foi persuadido a retirar o pedido de demissão.

Um personagem interessantíssimo, pensava Obi, enquanto desenhava perfis em seu mata-borrão. Uma coisa que ele jamais conseguia desenhar direito era o colarinho de uma camisa. Sim, um personagem interessantíssimo. Estava bem claro que amava a África, mas só a África de um tipo: a África de Charles, o mensageiro, a África do seu criado e do seu jardineiro. Na origem, ele deve ter vindo com um ideal — trazer a luz para o coração das trevas, para as tribos de caçadores de cabeças que praticavam cerimônias sinistras e rituais indescritíveis. Mas ao chegar, a África o ludibriou. Onde tinha ido parar sua adorada mata, cheia de sacrifícios humanos? Ali estava são Jorge montado num cavalo e paramentado, mas onde estava o dragão? Em 1900, o sr. Green poderia ter sido um dos grandes missionários; em 1935, teria ficado à vontade dando tapas na cara dos diretores de escola na presença de seus alunos, mas em 1957 tudo o que ele podia fazer era praguejar e xingar.

Com um lampejo de compreensão, Obi recordou o Conrad que tinha lido para se formar na faculdade. "Pelo simples exercício de nossa vontade, podemos exercer um poder para o bem praticamente ilimitado." Isso era o sr. Kurtz antes do coração das trevas o engolir. Mais tarde, ele escreveu: "Exterminar todos os brutos". Não era uma analogia muito próxima, é claro, Kurtz havia sucumbido às trevas. Green, à alvorada incipiente. Mas o começo e o fim de ambos eram semelhantes. "Eu devia escrever

124

um romance sobre a tragédia dos Green deste século", pensou Obi, satisfeito com sua análise.

Mais tarde, naquela manhã, um assistente de enfermaria do Hospital Geral trouxe um pequeno embrulho para ele. Era de Clara. Uma das coisas mais maravilhosas nela era sua caligrafia. Era muito feminina. Mas Obi não estava pensando em caligrafia naquele momento. Seu coração batia forte.

"Pode ir", disse ele ao assistente de enfermaria que ainda estava esperando para levar a resposta. Obi começou a abrir o embrulho, mas parou de novo, as mãos trêmulas. Marie não estava ali no momento, mas podia entrar a qualquer instante. Pensou em levar o embrulho ao banheiro. Depois lhe ocorreu uma ideia melhor. Puxou uma gaveta e começou a desamarrar o barbante do embrulho dentro dela. A despeito do tamanho, por algum motivo Obi sabia que o embrulho continha seu anel. E também algum dinheiro! Sim, notas de cinco libras. Mas não encontrou nenhum anel. Suspirou com alívio e então leu o pequeno bilhete anexo.

Querido,
Desculpe-me por ontem. Vá imediatamente ao banco e cancele aquele empréstimo. Vejo você de noite.
Amor, Clara.

Os olhos de Obi ficaram enevoados. Quando ergueu o rosto, viu que Marie o observava. Ele nem tinha notado quando ela voltou ao escritório.

"Qual é o problema, Obi?"

"Nada", disse ele, improvisando um sorriso. "Eu me perdi nos meus pensamentos."

Obi embrulhou cuidadosamente as cinquenta libras e colocou dentro do bolso. Como Clara havia conseguido tanto dinheiro?, se perguntou. Mas é claro que ela era razoavelmente bem paga, e não tinha estudado enfermagem com nenhuma bolsa de estudos financiada por alguma união progressista. Era verdade que ela mandava dinheiro para os pais, mas só isso. Mesmo assim, cinquenta libras era muito dinheiro.

Durante todo o caminho de Ikoyi até Yaba, Obi pensava em qual seria a melhor maneira de convencer Clara a receber o dinheiro de volta. Sabia que ia ser difícil, se não impossível. Mas estava completamente fora de questão aceitar cinquenta libras dela. A questão era como levar Clara a receber o dinheiro de volta sem ofender seus sentimentos. Podia dizer que pareceria um tolo se pedisse um empréstimo num dia para saldá-lo no dia seguinte, que o gerente do banco podia pensar que ele havia roubado o dinheiro. Ou então Obi podia pedir que Clara guardasse o dinheiro até o fim do mês, quando Obi de fato teria necessidade dele. Ela talvez perguntasse: "Por que não guarda você mesmo?". E Obi responderia: "Eu poderia acabar gastando antes".

Toda vez que Obi tinha uma conversa difícil com Clara, planejava todo o diálogo de antemão. Mas quando chegava a hora, a conversa tomava um rumo inteiramente distinto. E assim aconteceu daquela vez. Clara estava passando roupa quando Obi chegou.

"Vou terminar num segundo", disse ela. "O que disse o gerente do banco?"

"Ficou muito satisfeito."

"No futuro, não banque o menininho tolo. Você conhece aquele provérbio que diz 'cava um poço novo para encher um velho'?"

"Por que confiou tanto dinheiro àquele homem de aspecto dissimulado?"

"Está falando do Joe? É um grande amigo meu. É assistente de enfermaria."

126

"Não gostei da cara dele. O que isso tem a ver com o provérbio que fala em cavar um poço novo para encher um antigo?"

"Eu sempre disse que você deveria estudar ibo. Significa pedir um empréstimo ao banco para pagar o seguro."

"Sei. Você prefere cavar dois poços para encher um. Pegar emprestado com Clara para pagar ao banco para pagar o seguro."

Clara não respondeu.

"Não fui ao banco. Não consegui imaginar como poderia fazer isso. Como eu poderia aceitar tanto dinheiro de você?"

"Por favor, Obi. Pare de se comportar como um menino. É só um empréstimo. Se não quer, pode devolver. Na verdade, passei a tarde inteira pensando nisso tudo. Parece que andei interferindo em seus negócios. Tudo o que posso dizer é que lamento muito. Está com o dinheiro aí?" Clara estendeu a mão.

Obi segurou a mão dela e puxou-a para si. "Não me compreenda mal, querida."

Naquela noite, ligaram para Christopher, o economista amigo de Obi. Aos poucos, Clara passara a gostar dele. Talvez fosse um pouco animado demais, o que também não chegava a ser um defeito tão grave. Mas Clara temia que Christopher pudesse exercer uma influência ruim sobre Obi, no assunto mulheres. Ele parecia gostar de andar com quatro ou cinco mulheres ao mesmo tempo. Chegava a dizer que não existia nada parecido com amor, pelo menos na Nigéria. Mas, na verdade, era uma pessoa muito agradável, bem diferente de Joseph, que era um verdadeiro selvagem.

Como era de esperar, Christopher estava com uma garota quando Clara e Obi chegaram. Clara não tinha visto aquela garota antes, embora aparentemente Obi já a conhecesse.

"Clara, esta é Bisi", disse Christopher. As duas garotas apertaram as mãos e disseram: "Prazer em conhecer". "Clara é a..."

"Cale a boca", rematou Clara. Mas era o mesmo que tentar completar a frase de um gago. Era melhor ficar calado.

"Ela é a *você sabe o quê* do Obi", completou Christopher.

"Vocês andaram comprando discos novos?", perguntou Clara, enquanto mexia nos discos de uma pilha que estava sobre uma cadeira.

"Eu? Nesta altura do mês? São da Bisi. O que posso lhes oferecer?"

"Champanhe."

"Ah? Então o Obi vai comprar para você. Ainda não cheguei a esse nível. Estou com uma mão na frente e a outra atrás." Eles riram.

"Obi, que tal um pouco de cerveja?"

"Só se você dividir uma garrafa comigo."

"Certo. O que vocês estão planejando para esta noite? Que tal a gente ir dançar em algum lugar?"

Obi tentou dar uma desculpa, mas Clara o cortou bruscamente. Iriam sim, disse ela.

"Eu preferia ver um filme", disse Bisi.

"Escute aqui, Bisi. Não estamos nem um pouco interessados no que você prefere fazer. A decisão é minha e do Obi. Estamos na África, sabia?"

Christopher falava o inglês correto ou o "adulterado" conforme o que estava dizendo, onde estava falando, para quem e também como queria dizê-lo. É claro que, em certa medida, isso também era verdade para a maioria das pessoas instruídas, sobretudo nas noites de sábado. Mas Christopher se destacava bastante nessa integração de uma herança dupla.

Obi pegou uma gravata emprestada com ele. Não que isso tivese grande importância no Imperial, lugar aonde resolveram ir. Mas ninguém queria ficar parecendo um *boma*, um garoto da roça.

"Vamos todos juntos no seu carro, Obi? Faz muito tempo que não ando com um motorista."

"Certo, vamos todos juntos. Se bem que depois do baile vai ser difícil levar Bisi para casa, depois Clara, depois você. Mas não tem importância."

"Não. É melhor eu ir no meu carro", disse Christopher. Depois cochichou algo no ouvido de Obi, que tinha a ver com o fato de que na verdade não estava pensando em levar Bisi de volta para casa, o que era algo bastante óbvio.

"O que está cochichando para ele?", perguntou Clara.

"Coisa de homem", disse Christopher.

Havia muito pouco espaço para estacionar no Imperial e muitos carros já estavam lá. Depois de andar de um lado para outro, Obi conseguiu afinal se espremer entre dois carros, orientado por meia dúzia de moleques maltrapilhos que estavam por ali.

"Deixe que tomo conta do carro para o senhor", gritaram três deles ao mesmo tempo.

"Está bem, tome conta direitinho", disse Obi sem se dirigir a nenhum deles em especial. "Tranque sua porta", disse em voz baixa para Clara.

"Pode deixar que vou tomar conta direitinho", respondeu um dos meninos, pondo-se no caminho de Obi, de modo que ele notasse bem quem era, para depois lhe dar a gorjeta de três *pence* no fim do baile. Em princípio, Obi nunca dava nada para aqueles delinquentes juvenis. Mas seria uma estratégia ruim dizer isso para eles agora e deixar o carro à sua mercê.

Christopher e Bisi já estavam esperando no portão. O lugar não estava tão lotado quanto achavam que estaria. Na verdade, a pista de dança estava quase vazia, mas isso era porque a orquestra tocava uma valsa. Christopher encontrou uma mesa e duas cadeiras e as duas garotas sentaram.

"Vocês não vão ficar de pé a noite inteira", disse Clara. "Peça a um dos empregados que arranje cadeiras para vocês."

"Não tem importância", disse Christopher. "Logo vamos arranjar cadeiras."

Mal completara a frase quando a orquestra atacou um ritmo agitado. Em menos de trinta segundos, a pista de dança foi invadida. As pessoas surpreendidas com um copo de cerveja na mão ou baixaram o copo, ou sorveram a cerveja bem depressa. Cigarros fumados até a metade foram, conforme a posição social do fumante, ou jogados no chão e pisados, ou apagados cuidadosamente, a fim de serem acesos de novo, mais tarde.

Christopher foi até três ou quatro mesas adiante e apanhou duas cadeiras que tinham acabado de ficar vagas.

"Seu velho malvado!", disse Obi, ao receber uma delas. Bisi estava se remexendo na cadeira e cantarolava com o solista.

Um vestido de náilon é um lindo vestido,
Um vestido de náilon é um vestido rural.
Se quer deixar sua garota feliz,
O náilon é bom para ela.

"Estamos perdendo uma boa chance de dançar", disse Obi.

"Por que não dança com Bisi? Eu e Clara podemos ficar tomando conta das cadeiras."

"Vamos?", disse Obi, se levantando. Bisi já estava de pé, com um olhar distante nos olhos.

Se quer deixar sua garota feliz
Vá comprar uma dúzia de vestidos de náilon.
Ela só vai querer saber de você e mais ninguém.
O náilon é bom para ela.

A música seguinte era no mesmo estilo, chamado *high-life*. Na verdade, a maior parte das músicas era assim. De vez em quando tinha uma valsa ou tocavam um blues para que os dançarinos relaxassem e tomassem cerveja, ou fumassem. Christopher e Clara dançaram depois, enquanto Obi e Bisi ficaram vigiando as cadeiras. Mas logo Obi ficou sozinho, pois alguém veio tirar Bisi para dançar.

Na pista de dança, cada um dançava o *high-life* de um jeito diferente. Mas, em termos gerais, se podiam distinguir três estilos. Havia três ou quatro europeus cuja dança fazia lembrar os filmes antigos. Moviam-se como triângulos numa dança alheia, criada para círculos. Havia outros que faziam muito poucos movimentos reais. Mantinham as mulheres bem apertadas junto ao corpo, peito com peito e quadril com quadril, de modo que a dança podia fluir sem interrupção de um para o outro e voltar outra vez ao primeiro. O último grupo era o dos arrebatados. Dançavam separados, rodopiavam, gingavam, ou faziam síncopes complicadas com os pés e com a cintura. Eram os bons servos que haviam descoberto a liberdade perfeita. O vocalista levou o microfone até perto dos lábios e cantou "Gentleman Bobby".

Eu estava tocando meu violão jeje,
Uma dama me deu um beijo.
O marido não gostou,
Teve de levar a esposa embora.
Senhores, por favor, segurem suas esposas.
Pais e mães, por favor, segurem suas filhas.
O calipso é tão gostoso,
Se elas entrarem no calipso, a culpa não é do Bobby.

Os aplausos e os gritos de "Segurem! Segurem!" que seguiram a música pareciam sugerir que ninguém punha a culpa no sr. Bobby. E por que fariam isso? Ele estava só tocando seu violão *jeje* — sossegado, sério, discreto, perfeitamente dentro da lei, quando uma mulher enfiou na cabeça a ideia de lhe dar um beijo. Não importava como se encarasse o fato, era impossível atribuir qualquer culpa ao inocente músico.

A música seguinte era um *quickstep*, de passos rápidos. Noutras palavras, era hora de beber, fumar e se acalmar, no geral. Obi pediu refrigerantes. Ficou aliviado por ninguém querer nada mais caro.

O grupo à sua direita — três homens e duas mulheres — atraiu seu interesse. Uma das mulheres era calada, mas a outra falava sem parar, e com a voz muito alta. Sua blusa de náilon era quase transparente, deixando à mostra um sutiã novo. Ela não tinha dançado a última música. Tinha dito ao homem que lhe chamara para dançar: "Sem combustível não há fogo", o que obviamente queria dizer: sem cerveja, não tem dança. Então o homem veio à mesa de Obi e tirou Bisi para dançar. Mas aquela decisão podia não ser definitiva. Agora que ninguém estava dançando, a mulher gritava para que todos ouvisssem: "A mesa está seca".

Às duas horas, Obi e seu grupo se levantaram para ir embora, apesar da relutância de Bisi. Christopher lembrou que ela, no início, queria ver um filme que terminava às onze horas. Bisi respondeu que aquilo não era motivo para irem embora do baile justamente quando estava começando a ficar animado. De todo modo, saíram. O carro de Christopher estava estacionado bem longe, por isso se despediram no portão e separaram-se.

Obi abriu a porta do motorista com a chave, entrou e inclinou-se para o lado a fim de abrir a porta de Clara. Mas a porta estava aberta.

"Você não trancou esta porta?"

"Tranquei", disse ela.

O pânico tomou conta de Obi. "Meu Deus!", gritou.
"O que foi?" Ela ficou alarmada.
"O seu dinheiro."
"Onde está? Onde você deixou?"
Obi apontou para o porta-luvas, agora vazio. Ficaram olhando para o porta-luvas, em silêncio. Ele abriu a porta sem fazer barulho, saiu, olhou vagamente para o chão e depois recostou-se no carro. A rua estava completamente deserta. Clara abriu sua porta e também saiu. Deu a volta no carro até o lado de Obi, segurou sua mão e disse: "Vamos embora". Ele estava tremendo. "Vamos embora, Obi", disse ela de novo, e abriu a porta do motorista para ele entrar.

12.

Depois do Natal, Obi recebeu uma carta do pai dizendo que sua mãe estava de novo doente no hospital e perguntava quando ele viria para casa nas férias, como havia prometido. O pai esperava que fosse logo, porque havia um assunto urgente que precisava tratar com Obi.

Era óbvio que eles haviam recebido alguma notícia acerca de Clara. Obi tinha escrito alguns meses antes para dizer que havia uma garota na qual ele estava interessado e que lhes contaria mais a respeito dela quando fosse para casa, nas férias de duas semanas. Não contou para eles que Clara era uma *osu*. Não se podia escrever esse tipo de coisa. Era algo que tinha de ser comentado de maneira muito delicada no decurso de uma conversa. Mas agora parecia que alguém tinha contado tudo para eles.

Obi dobrou a carta com cuidado, colocou no bolso da camisa e tentou não pensar no assunto, sobretudo na doença da mãe. Tentou concentrar-se nos documentos que estava lendo, mas tinha de ler cada linha cinco vezes, e mesmo assim não conseguia entender o que lia. Pegou o telefone para ligar para

Clara, no hospital, mas quando a telefonista disse "Número, por favor", ele desligou o telefone. Marie datilografava sem parar. Tinha muito trabalho para fazer antes da reunião do conselho diretor, na semana seguinte. Era uma excelente datilógrafa; as teclas não batiam com intervalos quando datilografava.

Às vezes o sr. Green mandava chamar Marie para ditar alguma coisa, às vezes ele mesmo ia até a mesa dela para ditar. Dependia de como o sr. Green estivesse se sentindo no momento. Daquela vez, ele foi falar com ela.

"Por favor, anote uma resposta rápida para isto. 'Prezado senhor, com referência à sua carta de... ponha a data que for... desejo informá-lo de que o governo paga um subsídio de dependente para esposas *bona fide* de pesquisadores do governo, mas não para suas namoradas...' Pode reler para mim?" Marie releu, enquanto ele caminhava para um lado e para o outro. "Mude *pesquisadores do governo* para *seus pesquisadores*", disse ele. Marie fez a alteração e depois ergueu os olhos.

"É tudo. 'Atenciosamente, do seu criado, Eu'." O sr. Green sempre terminava as cartas assim, dizendo as palavras "Atenciosamente, do seu criado" com uma careta de desprezo. Virou-se para Obi e disse: "Sabe, Okonkwo, vivo no seu país há quinze anos e ainda não consegui nem começar a entender a mentalidade dos chamados nigerianos instruídos. Como esse jovem do University College, por exemplo, que espera que o governo não apenas pague seus honorários e suas fantásticas gratificações e que arranje para ele um trabalho fácil e cômodo no fim do curso, como também que pague para sua pretendida. É positivamente incrível. Acho que o governo está cometendo um erro terrível ao tornar tão fácil que pessoas assim obtenham a chamada educação universitária. Educação para quê? Para conseguir o máximo que puderem, para si e suas famílias. Não há o menor interesse nos milhões de compatriotas que todo dia morrem de fome e de doenças."

Obi emitiu alguns vagos ruídos.

"Não espero que o senhor concorde comigo, é claro", disse o sr. Green, e desapareceu.

Obi telefonou para Christopher e combinaram de sair para jogar tênis naquela tarde com duas professoras recém-chegadas de um convento católico romano em Apapa. Na verdade, ele nunca soube como Christopher havia descoberto as professoras. Só sabia que, mais ou menos duas semanas antes, recebera um convite para ir ao apartamento de Christopher e lá foi apresentado a duas garotas irlandesas muito interessadas em conhecer a Nigéria. Quando Obi chegou, por volta das seis horas, Christopher já estava ensinando às duas, uma de cada vez, como dançar o *high-life*. Ficou sem dúvida aliviado quando Obi chegou, logo se apossou da mais bonita das duas e deixou a outra para Obi. Ela não era feia, contanto que não tentasse sorrir. Infelizmente tentava sorrir com muita frequência. A não ser por isso, não era tão ruim assim, e dali a pouco, afinal, já estaria escuro demais para enxergar.

As garotas estavam de fato interessadas na Nigéria. Já conheciam algumas palavras em iorubá, embora estivessem no país havia apenas três semanas, no máximo. Eram mais anti-inglesas do que Obi, o que o deixava meio sem graça. Mas, à medida que a noite avançava, ele gostava delas cada vez mais, sobretudo da garota que tinha ficado com ele.

No jantar, comeram bananas-da-terra fritas com legumes e carne. As garotas disseram que gostaram muito, embora, pelos olhos lacrimejantes e pelos ruídos que faziam, estivesse bastante claro que, para elas, a comida tinha pimenta demais.

Recomeçaram a dançar logo depois, na penumbra e no silêncio, exceto quando brincavam uma com a outra, de vez em quando. "Por que vocês dois estão tão calados?" Ou: "Mexa-se, vamos, não fiquem parados no mesmo lugar".

Depois de algumas escaramuças iniciais, Obi ganhou dois ou três beijos tateantes. Mas, quando tentou algo mais ambicioso, Nora sussurrou com voz cortante: "Não! Os católicos não podem beijar assim".

"Por que não?"

"É pecado."

"Que estranho."

Continuaram dançando e de vez em quando se beijavam só com os lábios.

Antes de finalmente levá-las para casa, às onze horas, Obi e Christopher prometeram jogar tênis com elas algumas noites. Foram duas vezes numa sucessão rápida, mas depois outras coisas despertaram seu interesse. Obi pensou nelas de novo porque queria que alguma coisa, como o jogo de tênis, ocupasse sua mente à tarde e talvez o cansasse, para que conseguisse dormir melhor à noite.

Assim que o carro de Christopher parou, uma freira vestida de branco surgiu de repente na porta da capela do convento. Obi voltou sua atenção para aquilo. A freira estava longe demais para que ele pudesse enxergar a expressão em seu rosto, mas percebeu que era hostil. As meninas estavam tendo suas aulas de reforço da tarde, e por isso o convento estava muito silencioso. Eles subiram a escada que levava ao apartamento de Nora e Pat, em cima da sala de aula, a freira seguiu os dois com os olhos, até entrar numa sala de estar.

As garotas estavam tomando chá com bolinhos. Mostraram-se contentes ao ver suas visitas, mas de certo modo não tão contentes como de costume. Pareciam um pouco embaraçadas.

"Tomem um pouco de chá", falaram juntas, como se estivessem ensaiando aquela fala, antes mesmo de seus convidados sentarem nas cadeiras. Tomaram o chá quase em silêncio. Embora Obi e Christopher estivessem vestidos para jogar tênis e com raquetes, as garotas não falaram nada sobre jogar tênis. Depois do chá, ficaram sentados no mesmo lugar, tentando bravamente manter a conversa de pé.

"E quanto ao jogo?", perguntou Christopher, quando a conversa afinal expirou. Houve uma pausa. Então Nora explicou, sem rodeios, sem nenhuma justificativa falsa, que a madre tinha falado com elas muito a sério sobre aquela história de sair com homens africanos. Advertiu as garotas de que, se o bispo soubesse, elas poderiam ser mandadas de volta para a Irlanda.

Pat disse que era tolice e uma coisa ridícula. Na verdade, usou a palavra *ridiculosidade*, o que fez Obi sorrir por dentro. "Mas nós não queremos ser mandadas de volta para a Irlanda."

Nora prometeu que algum dia fariam uma visita aos rapazes em Ikoyi. Mas seria melhor que eles não fossem mais ao convento, porque a madre e as irmãs estavam vigiando.

"Mas o que vocês duas são delas, afinal? Filhas?", perguntou Christopher. No entanto, isso não foi muito bem recebido e, logo em seguida, a visita chegou ao fim.

"Está vendo?", disse Christopher, assim que voltaram para dentro do carro. "E elas ainda se chamam de missionárias!"

"O que espera que as pobrezinhas façam?"

"Não estou pensando nelas. Eu me refiro às madres e às irmãs e aos pais e aos filhos."

Obi se viu no papel incomum de defender os católicos romanos.

No caminho de casa, pararam a fim de dar um alô a Florence, a mais recente namorada de Christopher. Ele estava tão empolgado com a garota que chegava a falar em casamento. Mas isso era impossível, porque a garota iria para a Inglaterra em setembro, para estudar enfermagem. Não estava em casa quando chegaram lá e Christopher deixou um bilhete para ela. "Já faz muito tempo que não vejo Bisi", disse ele. E foram vê-la. Mas também não estava em casa. "Que dia para fazer visitas!", disse Obi. "É melhor a gente ir para casa."

Christopher falou sobre Florence o tempo todo. Será que deveria tentar convencê-la a não partir para a Inglaterra?

"Eu não faria isso, se fosse você", disse Obi. Contou-lhe a história de um velho catequista em Umuofia, muito, muito tempo antes, quando Obi ainda era menino. A esposa daquele homem era muito amiga da mãe de Obi e visitava sua casa muitas vezes. Certo dia, Obi entreouviu a mulher contando para a mãe como sua educação tinha sido interrompida na primeira série da faculdade, porque o homem estava impaciente e queria casar logo. Ela parecia muito amargurada com aquilo, embora devesse ter acontecido pelo menos vinte anos antes. Obi se lembrava muito bem daquela visita específica, porque aconteceu num sábado. Na manhã seguinte, o catequista não pôde celebrar o culto porque a esposa tinha quebrado a cabeça dele com o pilão de madeira que usava para amassar inhames. O pai de Obi, por ser um catequista aposentado, foi chamado muito às pressas para conduzir o culto.

"Falar em ir para a Inglaterra me faz lembrar uma garota que praticamente se ofereceu para mim. Já lhe contei essa história?"

"Não."

Obi contou-lhe a história da srta. Mark, começando pela visita do irmão a seu escritório.

"E o que aconteceu com ela, no final?"

"Ah, está na Inglaterra. Conseguiu a bolsa de estudos."

"Você é o maior babaca da Nigéria", disse Christopher, e os dois começaram uma longa discussão sobre a natureza da propina.

"Se uma garota se oferece para ir para a cama com você, isso não é propina", disse Christopher.

"Não banque o tolo comigo", retrucou Obi. "Vai querer me dizer que, com toda a honestidade, não vê nada de errado em tirar proveito de uma garota que acabou de terminar o ensino médio e quer entrar para a faculdade?"

"Você está sendo um pouco sentimental. Uma garota que toma o caminho que ela tomou não é nenhuma menininha inocente. É que nem a história da garota que recebeu uma ficha para preencher. Escreveu o nome e a idade. Mas quando chegou no sexo, escreveu: duas vezes por semana." Obi não pôde deixar de rir.

"Não fique imaginando que as meninas são anjinhos."

"Eu não estava imaginando nada disso. Mas é um escândalo que um homem com a sua formação não consiga enxergar nada de errado em ir para a cama com uma garota antes·de encaminhá-la para a comissão de bolsas de estudo."

"A garota ia acabar se apresentando à comissão de um jeito ou de outro. O que ela esperava de você era só isso: cuidar para que ela de fato se apresentasse à comissão. E, afinal, como é que você sabe que ela não foi para a cama com os membros da comissão?"

"Provavelmente foi."

"Bem, então, que bem você fez a ela?"

"Muito pouco, admito", respondeu Obi, tentando pôr as ideias em ordem. "Mas talvez ela se lembre de que houve pelo menos um homem que não tirou proveito de sua posição."

"Mas vai ver que acha você impotente."

Houve uma pausa breve.

"Pois bem, então me diga uma coisa, Christopher. Qual é a *sua* definição de suborno?"

"Bem, vejamos... O uso de influência imprópria."

"Certo. Suponho..."

"Mas a questão é que não houve influência nenhuma. A garota ia ser entrevistada, de um jeito ou de outro. Ela procurou você voluntariamente para curtir bons momentos. Não consigo enxergar onde é que está o suborno."

"É óbvio que você não está falando sério."

"Nunca falei tão sério."

"Mas me surpreende que não consiga perceber que o mesmo argumento pode ser usado para receber dinheiro. Se o candidato, de um jeito ou de outro, vai acabar ficando com o emprego, então não faz mal nenhum aceitar dinheiro dele."

"Bem..."

"Bem o quê?"

"Veja, a diferença é esta." Fez uma pausa. "Vamos dizer assim. Ninguém quer ficar sem seu dinheiro. Se você aceita dinheiro de alguém, torna a pessoa mais pobre. Mas se vai para a cama com uma garota que pede para você fazer isso, não enxergo nenhum mal que você tenha feito."

Discutiram sobre dinheiro durante o jantar e depois, até tarde. Mas assim que Christopher se despediu, os pensamentos de Obi voltaram para a carta que havia recebido do pai.

13.

Obi recebeu duas semanas de férias, de 10 a 24 de fevereiro. Resolveu partir para Umuofia no dia 11, bem cedo, passar a noite em Benin e concluir a viagem no dia seguinte. Clara trocou de horário com outra enfermeira, de modo a poder ajudá-lo a fazer as malas. Passou o dia inteiro — e a noite — no apartamento de Obi.

Quando foram dormir, ela disse que tinha algo para contar e começou a chorar. Obi não havia aprendido a enfrentar as lágrimas; sempre ficava assustado. "O que houve, Clara?" Mas tudo o que obteve foram lágrimas quentes sobre o braço, entre a cabeça de Clara e o travesseiro. Clara chorava sem fazer barulho, mas pela maneira como seu corpo sacudia, Obi podia sentir que ela chorava violentamente. Ele não parava de perguntar: "O que houve? O que houve?", e ficava cada vez mais assustado.

"Me desculpe", disse ela. Levantou-se e foi até a penteadeira, onde estava sua bolsa, pegou um lenço e assoou o nariz. Em seguida voltou para a cama com o lenço e sentou-se na beiradinha do colchão.

"Venha cá e me conte qual é o problema", disse Obi e, com delicadeza, puxou-a para a cama. Beijou-a e sentiu o gosto salgado. "O que é?"

Clara disse que lamentava muito decepcioná-lo no último momento. Mas tinha certeza de que, para o bem de todos, deviam romper o noivado. Obi ficou profundamente magoado, mas não falou nada por um bom tempo. Depois, Clara repetiu que lamentava muito. Houve mais um silêncio demorado.

Então Obi falou: "Posso entender... Está tudo absolutamente certo... Não condeno você nem um pouco." Queria acrescentar: "Por que você iria desperdiçar sua vida com alguém que não consegue nem pagar suas contas?", mas não queria parecer sentimental. Em vez disso, falou: "Muito obrigado por tudo". Obi se pôs sentado na cama. Depois se levantou e começou a andar pelo quarto, de pijama. Estava escuro demais para Clara poder vê-lo — o que reforçou ainda mais o efeito. Mas logo Obi se deu conta de que ele mesmo encararia aquela cena como teatral e barata se alguém a representasse na sua frente, e assim parou e voltou para a cama, mas não ficou perto de Clara. No entanto, logo se convenceu de que devia se aproximar e falar com ela.

Clara implorou que ele não a compreendesse mal. Disse que estava dando aquele passo porque não queria arruinar a vida de Obi. "Pensei sobre o assunto de todos os ângulos, com muito cuidado. Há duas razões para não casarmos."

"Quais são as razões?"

"Bem, a primeira é que sua família será contrária. Não quero ser um obstáculo entre você e sua família."

"Besteira! De todo modo, qual é a segunda razão?" Clara não conseguiu lembrar qual era. Mas, afinal, não tinha mesmo importância. A primeira razão já era mais do que suficiente.

"Vou lhe dizer qual é a segunda razão", disse Obi.

"Qual é?"

"Você não quer casar com alguém que tem de pedir dinheiro emprestado para pagar o seguro do carro." Obi sabia que era uma acusação excessivamente injusta e falsa, mas queria que Clara ficasse na defensiva. Ela quase recomeçou a chorar. Puxou-a para junto de si e se pôs a beijá-la com paixão. Logo Clara reagiu da mesma forma. "Não, não, não! Não se comporte como um moleque malcriado... Primeiro devia pedir desculpa pelo que falou."

"Peço mil desculpas, querida."

"Está bem. Eu perdoo você. Não! Espere um minuto."

Obi partiu pouco antes das seis da manhã. Se Clara não estivesse lá, não conseguiria acordar às cinco e meia. Sentia a cabeça um pouco zonza e os olhos um pouco pesados. Havia tomado um banho frio, lavando primeiro os braços e as pernas, depois a cabeça, a barriga e as costas, nessa ordem. Detestava tomar banho frio, mas não podia se dar ao luxo de ligar o aquecedor elétrico e, pensou enquanto se enxugava, não havia dúvida de que se sentia cheio de energia depois de um banho frio. Assim como acontecia com o choro, só o início do banho era difícil.

Embora dispusesse de duas semanas, Obi se propôs a passar só uma semana na casa dos pais, por razões de dinheiro. Para as pessoas da aldeia, as férias significavam a volta do menino do campo que havia alcançado sucesso na cidade grande, e todo mundo esperava tomar parte da sua boa sorte. "Afinal", diziam eles, "foram nossas preces e nossas libações que fizeram isso por ele." Chamavam as férias de *lifu*, que significava *desperdiçar*.

Obi tinha exatamente 34 libras e 93 *pence* quando partiu. Vinte e cinco libras eram sua gratificação de férias, paga a todos os funcionários públicos de alto escalão pelo simples motivo de que viajavam de férias. O restante eram sobras do salário de janeiro. Com 34 libras, talvez desse para ficar duas semanas em casa; no entanto, de um homem como Obi, com um carro e um "cargo europeu", normalmente se esperava mais do que isso. Mas dezesseis libras e dez *shillings* eram para pagar o segundo período letivo da escola do irmão John, que começava em abril. Obi sabia que se não pagasse a escola agora, quando tinha no bolso a soma toda, talvez não conseguisse honrar o pagamento quando chegasse a hora.

Obi parecia olhar de maneira interrogativa todos os que vinham cumprimentá-lo e dar as boas-vindas.

"Onde está mamãe?", seus olhos não paravam de perguntar. Não sabia se ela ainda estava no hospital ou se já estava em casa e tinha receio de perguntar.

"Sua mãe voltou do hospital na semana passada", disse o pai, quando entraram em casa.

"Onde ela está?"

"No quarto", respondeu Eunice, a irmã caçula.

O quarto da mãe era o mais característico de toda a casa, exceto talvez o do pai. A dificuldade em decidir qual dos dois quartos tinha a primazia provinha do fato de que não se podiam comparar coisas incomparáveis. O sr. Okonkwo acreditava absoluta e completamente nas coisas do homem branco. E o símbolo do poder do homem branco era a palavra escrita, ou, melhor ainda, a palavra impressa. Certa vez, antes de ir para a Inglaterra, Obi ouviu seu pai falar, com profunda emoção, sobre o mistério da palavra escrita para um irmão de etnia analfabeto.

"Nossas mulheres faziam desenhos pretos em seus corpos usando o suco da árvore do *uli*. Ficava bonito, mas logo apagava. Se durasse duas semanas de trabalho, durava muito. Mas às vezes as pessoas mais velhas falavam de um *uli* que nunca apagava, embora ninguém nunca tivesse visto aquilo. Hoje nós vemos isso na escrita do homem branco. Se a gente vai ao tribunal dos nativos e olha os livros que os secretários escreveram há vinte anos, ou mais, estão do mesmo jeito de quando escreveram. Eles não dizem uma coisa hoje e outra amanhã, ou uma coisa este ano e outra no ano que vem. Okoye, no livro hoje, não pode virar Okonkwo, amanhã. Na Bíblia, Pilatos diz: O que está escrito, está escrito. É o *uli* que nunca apaga."

O irmão de etnia que escutava fez que sim com a cabeça e estalou os dedos.

A consequência da visão mística que Okonkwo tinha da palavra escrita era que seu quarto estava repleto de livros e papéis velhos — desde a *Aritmética*, de Blackie, que ele havia usado em 1908, até o Durrel de Obi; desde obsoletas traduções da Bíblia para o dialeto onitsha, já roídas por baratas, até Cartões da União das Escrituras de 1920 e de antes ainda. Okonkwo nunca destruía um pedaço de papel. Possuía duas caixas cheias de papel. O resto ficava guardado no alto do seu armário enorme, em mesas, em caixas e nos cantos do chão.

O quarto da mãe, por outro lado, era repleto de coisas mundanas. Sua caixa de roupas ficava em cima de um banco. Do outro lado do quarto havia jarros de óleo de palma solidificado, que ela usava para fazer sabão preto. O óleo de palma ficava separado das roupas por toda a extensão do quarto, porque, como ela sempre dizia, as roupas e o óleo não são irmãos de etnia, e assim como era dever das roupas tentar evitar o óleo, também era dever do óleo fazer de tudo para evitar as roupas.

Além dessas duas coisas, o quarto da mãe também continha inhames do ano anterior, nozes-de-cola preservadas com folhas de bananeira em jarras de óleo vazias, cinzas de palma guardadas num velho vaso cilíndrico que, como as crianças mais velhas disseram para Obi, havia servido para guardar biscoitos em outros tempos. Na segunda fase de sua vida, o vaso servira para guardar água, até que o líquido começou a vazar por cinco rachaduras que tinham de ser cuidadosamente cobertas com papel, antes de passar a ter seu emprego atual.

Quando olhou para a mãe, na cama, as lágrimas acorreram aos olhos de Obi. Ela estendeu a mão para ele e Obi segurou-a — só pele e osso, como a asa de um morcego. "Você não me viu quando estive doente", disse ela. "Agora estou saudável como uma menina." Riu sem alegria. "Devia ter me visto três semanas atrás. Como vai seu trabalho? O povo de Umuofia em Lagos está bem? Como vai Joseph? A mãe dele veio me ver ontem e contei que estávamos esperando sua visita..."

Obi respondeu: "Eles estão bem, sim, sim, sim". Mas o tempo todo seu coração estourava de tristeza.

Mais tarde naquela noite, um conjunto de moças que tinha ido cantar num enterro estava passando na frente da casa de Okonkwo quando souberam do regresso de Obi e resolveram entrar para cumprimentá-lo.

O pai de Obi ficou revoltado. Queria expulsá-las, mas Obi o convenceu de que elas não podiam causar nenhum mal. Havia algo de mau agouro na maneira como o pai cedeu sem brigar, se retirou e trancou-se em seu quarto. A mãe de Obi voltou à *pieze* e sentou numa cadeira perto da janela. Gostava de música, mesmo quando era música pagã. Obi ficou de pé junto à porta, sorrindo para as cantoras, que se haviam perfilado do lado de fora, no terreiro bem varrido. Como se obedecessem a um sinal, coloridos e barulhentos passarinhos chamados tecelões, que estavam na palmeira, voaram num só bando, desertando temporariamente seus numerosos ninhos marrons, que pareciam sapatinhos de tricô para crianças.

Obi conhecia bem algumas cantoras. Mas havia outras que tinham casado ali mesmo na aldeia, depois que ele partira para a Inglaterra. A solista do grupo era uma delas. Tinha a voz forte e penetrante, que cortava o ar com toque incisivo. Cantou um longo recitativo, antes de as outras se juntarem a ela. Chamavam a música de "A canção do coração".

Outro dia recebi uma carta.
Disse para Mosisi: "Leia a carta para mim".
Mosisi me disse: "Não sei ler".
Fui falar com Innocenti e pedi que lesse minhas cartas.
Innocenti me disse: "Não sei ler".
Pedi a Simonu que lesse para mim, Simonu disse:
"O que a carta me pediu para dizer a você é isto:
Quem tem um irmão deve guardá-lo no coração,
Pois um irmão não é coisa que se compre na feira,
E um irmão não se compra com dinheiro."
Todo mundo está aí?
(*Hele ee he ee he*)
Vocês todos estão aí?
(*Hele ee he ee he*)
A carta disse
Que o dinheiro não pode comprar um irmão,
(*Hele ee he ee he*)
Que quem tem irmãos
Possui mais do que a riqueza pode comprar.
(*Hele ee he ee he*)

14.

As conversas sérias de Obi com o pai começaram depois que a família terminou as preces e todos, exceto os dois, foram para a cama. As preces foram feitas no quarto da mãe, porque ela estava se sentindo muito fraca de novo e, toda vez que a mãe não conseguia se juntar aos outros na sala, o marido fazia as preces no quarto dela.

O demônio e suas obras tiveram papel de destaque nas preces daquela noite. Obi sentia uma sutil desconfiança de que seu caso com Clara era uma daquelas obras do demônio. Mas tratava-se só de uma desconfiança, ainda não havia nada que mostrasse que seus pais tinham de fato sabido de alguma coisa.

A fácil capitulação do sr. Okonkwo naquela tarde quanto à questão dos cantos pagãos foi, muito nitidamente, um movimento tático. Ele deixou o inimigo ganhar terreno numa escaramuça menor, enquanto reunia forças para uma grande ofensiva.

Disse para Obi, depois das preces: "Sei que deve estar cansado depois de viajar uma distância tão grande. Há um assunto importante sobre o qual precisamos conversar, mas isso pode esperar até amanhã, até você descansar um pouco".

"Podemos conversar agora mesmo", disse Obi. "Não estou tão cansado assim. A gente se acostuma a dirigir por distâncias longas."

"Então vamos ao meu quarto", disse o pai, iluminando o caminho com o antigo lampião. Tinha uma mesinha no meio do quarto. Obi se lembrava de quando a mesa fora comprada. O carpinteiro Moses havia feito a mesa e a oferecera à igreja na época da colheita. Foi leiloada e vendida depois do Culto da Colheita. Agora não conseguia lembrar quanto o pai havia pagado por ela, talvez onze libras e três *pence*.

"Acho que tem pouco querosene neste lampião", disse o pai e sacudiu-o perto do ouvido. O lampião fez um som de vazio. Ele pegou meia garrafa de querosene em seu armário e entornou um pouco dentro do lampião. Suas mãos não estavam muito firmes e um pouco do querosene derramou para fora. Obi não se ofereceu para fazer aquilo, porque sabia que o pai nunca sonharia deixar que os filhos pusessem querosene no lampião; não saberiam como fazer aquilo direito.

"Como estava toda nossa gente em Lagos, quando você os deixou?", perguntou o pai. Sentou-se na cama de madeira, enquanto Obi sentou num banco baixo, de frente para ele, e ficou desenhando linhas com a ponta do dedo sobre o tampo empoeirado da mesa de madeira nua.

"Lagos é um lugar grande demais. A gente pode percorrer uma distância como daqui até Abame que ainda vai continuar dentro de Lagos."

"Foi o que disseram. Mas você se encontrou com as pessoas de Umuofia?" Foi meia pergunta e meia afirmação.

"Sim, nós nos encontramos. Mas só uma vez por mês." E acrescentou: "Não é sempre que se arranja tempo para comparecer". A verdade era que, desde novembro, Obi não comparecia às reuniões.

"De fato", disse o pai. "Mas, numa terra estranha, a gente deve sempre ficar perto de nossos irmãos de etnia." Obi ficou calado, enquanto assinava o próprio nome na poeira sobre a mesa. "Algum tempo atrás você me escreveu falando de uma garota com quem andava saindo. Em que pé está a situação agora?" "Essa é uma das razões por que vim para cá. Quero que nós conheçamos a família dela e comecemos as negociações. Agora estou sem dinheiro, mas pelo menos podemos começar a conversar." Obi tinha se convencido de que seria desastroso agir como quem pede desculpas ou está hesitante.

"Certo", disse o pai. "É a melhor maneira." Pensou um pouco e depois falou de novo, sim, é a melhor maneira. Depois pareceu ocorrer-lhe outra ideia. "Sabemos quem é essa moça e de onde ela vem?" Obi hesitou só o bastante para que o pai fizesse a pergunta de novo, de um modo diferente. "Qual é o nome dela?"

"É filha de Okeke, um nativo de Mbaino."

"Que Okeke? Conheço três. Um é professor aposentado, mas não deve ser esse."

"É esse mesmo", respondeu Obi.

"Josiah Okeke?"

Obi respondeu que sim, o nome era aquele.

O pai riu. Era o tipo de riso que se ouvia às vezes de um espírito ancestral mascarado. Ele saudava a pessoa pelo nome e perguntava se sabia quem era ele. A pessoa respondia que não, com um humilde toque da mão na terra, e dizia que ele estava fora do alcance do conhecimento humano. Em seguida o espírito talvez risse e seu riso parecia vir de dentro de uma garganta metálica. E o significado do riso era bem claro: "Eu não esperava mesmo que você soubesse, seu desprezível verme humano!".

O riso do pai de Obi desapareceu da mesma forma que havia começado — sem aviso e sem deixar vestígios.

"Você não pode casar com essa moça", disse ele com toda simplicidade.

"Ahn?"

"Falei que você não pode casar com essa moça."

"Mas por quê, pai?"

"Por quê? Vou explicar por quê. Mas primeiro me responda o seguinte. Você descobriu ou tentou descobrir alguma coisa sobre essa moça?"

"Sim."

"E o que foi que descobriu."

"Que eles são *osu*."

"Você quer me dizer então que sabia disso e ainda me pergunta por quê?"

"Não acho que tenha importância. Somos cristãos." Isso produziu algum efeito, mas nada de espetacular. Só uma breve pausa e um tom de voz mais brando.

"Somos cristãos", disse ele. "Mas isso não é motivo para casar com uma *osu*."

"A Bíblia diz que, em Cristo, não existe diferença nem restrição."

"Meu filho", disse Okonkwo, "compreendo o que você está dizendo. Mas essa questão é mais profunda do que você pensa."

"E qual é *essa questão*? Nossos pais, em suas trevas e em sua ignorância, chamavam um homem inocente de *osu*, uma coisa de ídolos, e por isso ele se tornava um pária, assim como seus filhos e os filhos dos filhos, para sempre. Mas nós não vimos a luz do Evangelho?" Obi usou as mesmas palavras que o pai poderia usar quando falava com seus irmãos de etnia pagãos.

Houve um silêncio demorado. O lampião agora estava ardendo com muita força. O pai de Obi baixou um pouco o pavio e em seguida o silêncio prosseguiu. Depois do que pareceram séculos, falou: "Conheço muito bem Josiah Okeke". Olhava fixamente para a frente. Sua voz parecia cansada. "Eu o conheço e conheço sua esposa. É um bom homem e um bom cristão. Mas é um *osu*. Naaman, capitão das hostes da Síria, era um grande homem, e honrado, era também um poderoso homem de coragem, mas era leproso." Fez uma pausa, de modo que sua analogia notável e bem lembrada pudesse calar fundo, com seu peso terrível.

"*Osu* é como a lepra na mente de nosso povo. Imploro a você, meu filho, que não traga a marca da vergonha e da lepra para a nossa família. Se fizer isso, seus filhos e os filhos de seus filhos até a terceira e a quarta geração vão amaldiçoar sua memória. Não falo por mim mesmo; meus dias são poucos. Você trará dor sobre a própria cabeça e sobre a cabeça de seus filhos. Quem vai casar com suas filhas? Com as filhas de quem casarão seus filhos? Pense nisso, meu filho. Somos cristãos, mas não podemos casar com nossas próprias filhas."

"Mas tudo isso vai mudar. Daqui a dez anos, as coisas estarão muito diferentes do que são hoje."

O velho balançou a cabeça com tristeza, mas não falou mais nada. Obi repetiu seus argumentos. O que tornava um *osu* diferente dos outros homens e mulheres? Nada, senão a ignorância de seus antepassados. Por que razão eles, que tinham visto a luz do Evangelho, deveriam permanecer naquela ignorância?

Obi dormiu muito pouco naquela noite. O pai não se mostrou tão difícil quanto ele havia esperado. Ainda não tinha sido vencido, mas era visível seu enfraquecimento. Obi sentia-se estranhamente feliz e animado. Nunca havia experimentado algo assim. Estava acostumado a conversar com a mãe como uma igual, mesmo na infância, mas com o pai sempre tinha sido diferente. Ele não era propriamente distante da família, mas havia nele algo que fazia pensar nos patriarcas, aqueles gigantes talhados no granito. A estranha felicidade de Obi emanava não só da pequena faixa de terreno que ele havia conquistado no debate, mas sim do contato humano direto que tinha estabelecido com o pai, pela primeira vez em seus 26 anos de vida.

Assim que acordou de manhã, foi falar com a mãe. Eram seis horas em seu relógio de pulso, mas ainda estava bem escuro. Foi tateando o caminho até o quarto dela. Estava acordada, pois perguntou quem era assim que Obi entrou no quarto. Ele se aproximou, sentou-se na cama e, com a palma da mão, sentiu a temperatura da mãe. Ela não tinha dormido muito, por causa da dor na barriga. Disse que tinha perdido a fé nos remédios dos europeus e gostaria de experimentar algum médico nativo.

Naquele momento, o pai de Obi tocou sua sineta para chamar a família para as preces matinais. Ficou surpreso quando entrou com o lampião e viu que Obi já estava lá. Eunice entrou enrolada em sua tanga. Entre os filhos, ela era a mais nova, e a única que ainda residia na casa. O mundo havia se transformado nisso. Os filhos deixavam os pais velhos em casa e se espalhavam em todas as direções, em busca de dinheiro. Era duro para uma mulher velha, com oito filhos. Era como ter um rio e continuar lavando as mãos com cuspe.

Atrás de Eunice, vieram Joy e Mercy, parentes afastadas que foram enviadas pelos pais para aprender com a sra. Okonkwo a tomar conta de uma casa.

Mais tarde, quando ficaram sozinhos de novo, ela escutou Obi em silêncio e com paciência até o fim. Em seguida, ergueu-se um pouco na cama e disse: "Tive um sonho ruim certa noite, um sonho muito ruim. Eu estava deitada numa cama coberta com panos brancos e senti uma coisa arrepiante na minha pele.

Olhei para baixo, sobre a cama, e vi que um enxame de cupins brancos tinha devorado tudo, o colchão e os panos. Sim, cupins tinham comido a cama bem embaixo de mim".

Uma sensação estranha, parecida com um frio, baixou sobre a cabeça de Obi. "Não contei esse sonho para ninguém, de manhã. Fiquei com ele na cabeça, imaginando o que era. Peguei minha Bíblia e fiz a leitura do dia. Isso me deu certa força, mas meu coração ainda não ficou tranquilo. De tarde, seu pai entrou com uma carta de Joseph que nos contava que você ia casar com uma *osu*. Entendi o sentido da minha morte no sonho. Então contei o sonho ao seu pai." Ela parou e respirou fundo. "Não tenho nada para lhe dizer sobre esse assunto, a não ser uma coisa. Se quer casar com essa moça, pode esperar até eu não existir mais. Se Deus ouvir minhas preces, você não vai ter de esperar muito tempo." Ela parou de novo. Obi ficou aterrorizado com a mudança que houve com a mãe. Pareceu estranha, como se de repente tivesse enlouquecido.

"Mamãe!", gritou ele, com se ela estivesse indo embora. Ela ergueu a mão, pedindo silêncio.

"Mas se você fizer isso enquanto eu estiver viva, vai ficar com meu sangue sobre sua cabeça, porque vou me matar." E ela afundou na cama por completo, esgotada.

Obi ficou em seu quarto durante todo o dia. De vez em quando adormecia por alguns minutos. Depois foi acordado pelas vozes de vizinhos e conhecidos que vieram visitá-lo. Mas se recusou a ver qualquer pessoa. Pediu para Eunice dizer que não se sentia bem por causa da viagem. Sabia que era uma desculpa particularmente ruim. Se estava se sentindo mal, então era mais uma razão para ser visitado. De um jeito ou de outro, não quis ver ninguém e os vizinhos e os conhecidos se sentiram magoados. Alguns reclamaram abertamente, sem papas na língua, outros conseguiram dar a impressão de que não tinha acontecido nada. Uma velha chegou a prescrever um remédio para a doença, embora nem tivesse visto o paciente. Viagens longas, disse ela, eram muito penosas. O que se devia fazer era tomar um purgante bem forte para lavar todos os restos que ainda estavam na barriga.

Obi não apareceu na hora das preces noturnas. Ouviu a voz do pai como se estivesse muito longe, prolongando-se por muito tempo. Toda vez que a voz parecia terminar, se erguia de novo. Por fim, Obi ouviu algumas vozes rezando o pai-nosso. Mas tudo parecia muito de distante, como vozes e zunidos de insetos pareciam para um homem febril.

Seu pai entrou em seu quarto com o lampião na mão e perguntou como estava passando. Depois sentou na única cadeira que havia no quarto, levantou de novo o lampião e balançou-o, para ouvir se tinha querosene. Pareceu ter uma quantidade satisfatória e ele baixou o pavio até a chama ser quase engolida pela barriga do lampião. Obi ficou absolutamente imóvel, deitado de costas na cama, olhando para o teto de bambu, do jeito como lhe diziam para não dormir, quando criança. Pois contavam que, se dormisse de barriga para cima e uma aranha passasse pelo teto, teria sonhos ruins.

Obi ficou admirado com os pensamentos irrelevantes que passaram por sua cabeça naquela que era a maior crise de sua vida. Esperava que o pai falasse para ele poder lutar de novo e tentar se justificar. Sua mente estava perturbada não só por causa do que havia acontecido, mas também pela descoberta de que não havia nele nada com que pudesse contestar honestamente tudo aquilo. Havia lutado o dia inteiro para atiçar a própria raiva e reforçar sua convicção, mas era honesto consigo mesmo o bastante para se dar conta de que a reação que havia obtido, por mais violenta que às vezes parecesse, não era genuína. Provinha da periferia e não do centro, como o tremor na perna de um sapo morto, quando se aplica a ela uma corrente elétrica. Mas Obi não podia aceitar que seu estado mental atual fosse definitivo e, assim, procurou desesperadamente alguma coisa capaz de desencadear a reação inevitável. Talvez outra discussão com o pai, mais violenta que a primeira; pois era verdade o que dizem os ibos, que quando um covarde vê um homem a quem ele é capaz de vencer fica louco para brigar. Obi tinha descoberto que podia vencer o pai.

Mas o pai de Obi ficou calado, não quis briga. Obi virou-se de lado e suspirou profundamente. Mesmo assim, seu pai não falou nada.

"É melhor eu voltar para Lagos depois de amanhã", disse Obi, afinal.

"Você não disse que tinha uma semana para ficar conosco?"

"Sim, mas acho melhor voltar mais cedo."

Depois disso, houve outro longo silêncio. Então o pai falou, mas não sobre o que estava no pensamento deles. Começou devagar e em voz baixa, tão baixa que mal se ouviam as palavras. Parecia que na verdade não estava falando para Obi. Seu rosto estava virado para o lado e assim Obi o via de perfil, de modo vago.

"Eu não passava de um menino quando saí da casa de meu pai e parti com os missionários. Ele me rogou uma praga. Eu não estava lá, mas meus irmãos me contaram que foi mesmo verdade. Quando um homem roga uma praga para o próprio filho, é uma coisa terrível. E eu era o filho mais velho."

Obi nunca tivera conhecimento daquela maldição. Em plena luz do dia e em circunstâncias mais felizes, não teria atribuído àquilo nenhuma importância. Mas naquela noite se sentiu estranhamente abalado e com pena do pai.

"Quando me levaram a notícia de que ele havia se enforcado, eu lhes disse que aqueles que vivem pela espada devem morrer pela espada. O sr. Braddeley, o homem branco que era nosso professor, explicou que aquilo não era a coisa adequada para se dizer e falou que eu devia voltar para casa e comparecer ao enterro. Eu me recusei a ir. O sr. Braddeley achou que eu estava falando do mensageiro do homem branco a quem meu pai tinha matado. Ele não sabia que eu estava falando de Ikemefuna, com quem eu tinha sido criado na cabana de minha mãe, até chegar o dia em que meu pai o matou com as próprias mãos." Fez uma pausa a fim de organizar os pensamentos, virou-se na cadeira e ficou de frente para a cama onde Obi estava deitado. "Estou lhe contando tudo isso para que entenda o que era se tornar cristão naquele tempo. Saí da casa de meu pai e ele lançou uma maldição sobre mim. Penei muito para me tornar cristão. E como sofri, compreendo o cristianismo mais do que você jamais vai compreender." Parou de um modo muito abrupto. Obi pensou que era uma pausa, mas o pai tinha terminado.

Obi conhecia a triste história de Ikemefuna, que tinha sido dado a Umuofia pelos vizinhos como forma de conciliação. O pai de Obi e Ikemefuna se tornaram inseparáveis. Mas um dia o Oráculo dos Montes e das Cavernas decretou que o menino tinha de ser morto. O avô de Obi adorava o menino. Mas quando chegou a hora, foi seu machado que deu cabo dele. Mesmo naquele tempo, alguns anciãos disseram que era um grande pecado um adulto erguer as mãos contra uma criança que o chamava de pai.

15.

Obi viajou numa espécie de atordoamento os oitocentos e poucos quilômetros que separam Umuofia e Lagos. Nem parou para almoçar em Akure, que era a parada habitual no meio da estrada para quem viajava do leste da Nigéria para Lagos, e dirigiu num torpor, quilômetro após quilômetro, da manhã até o anoitecer. Só uma vez a viagem ganhou um pouco de vida, pouco antes de Ibadan. Ele fez uma curva em alta velocidade e deu de cara com dois caminhões usados para transportar passageiros, na hora em que um tentava ultrapassar o outro. Menos de meio segundo separou Obi de uma batida de frente. Mas, naquele meio segundo, ele conseguiu desviar o carro para o mato no lado esquerdo da estrada.

Um dos caminhões parou, mas o outro prosseguiu em seu caminho. O motorista e os passageiros do caminhão bom vieram correndo para ver o que tinha acontecido com ele. O próprio Obi ainda não sabia se algo havia acontecido com ele. Ajudaram-no a empurrar o carro para a estrada, para grande alegria das mulheres, que já estavam chorando, com as mãos apertadas aos peitos.

Só depois que Obi foi empurrado de volta para a estrada, ele começou a tremer.

"Você tem sorte", disseram o motorista e os passageiros, uns em inglês e outros em iorubá. "Tem muito motorista imprudente por aí", disse ele, segurando a cabeça com tristeza. "Olorum!" E assim deixou a questão nas mãos de Deus. "Mas você teve sorte de não ter nenhuma árvore grande desse lado da estrada. Quando chegar em casa, agradeça a Deus."

Obi examinou o carro e não viu nenhum estrago, a não ser um ou dois pontos amassados.

"Está indo para Lagos?', perguntou o motorista. Obi fez que sim com a cabeça, ainda incapaz de falar.

"É melhor tomar um *jeje*. Tem muito diabo solto nesta estrada. Quando a gente vê um acidente no caminho, é mais para o lado de Abeokuta... Olorum!" As mulheres falavam agitadas, com os braços cruzados sobre os peitos, olhando fixo para Obi, como se ele fosse um prodígio. Uma delas repetiu, num inglês estropiado, que Obi devia dar graças a Deus. Um homem concordou com ela. "É só pelo poder de Deus que você ainda está aqui falando com a gente." Na verdade, Obi nem estava falando nada, mas o argumento, ainda assim, era convincente.

"Esses motoristas! Eles não têm jeito mesmo!"

"Nem todo motorista é imprudente", disse o bom motorista. "Aquele lá é uma besta. Fiz sinal para não ultrapassar e mesmo assim ele veio *fiam.*" A última palavra, combinada com um gesto do braço, significava "velocidade excessiva".

O resto da viagem transcorreu sem incidentes. Estava ficando escuro quando Obi chegou a Lagos. O grande letreiro que dá aos motoristas boas-vindas ao território federal de Lagos despertou nele um sentimento de pânico. Durante a última noite que passara na casa dos pais, ficou imaginando como contaria tudo para Clara. Obi não iria primeiro ao seu próprio apartamento para depois voltar e contar para Clara. Era melhor parar na casa de Clara no caminho e levá-la consigo. Mas quando chegou a Yaba, onde ela morava, resolveu que era melhor ir para casa primeiro e depois voltar. E assim passou direto. Tomou um banho e trocou de roupa. Em seguida sentou-se no sofá e, pela primeira vez, sentiu-se de fato cansado. Outro pensamento lhe ocorreu. Christopher talvez pudesse lhe dar algum conselho útil. Entrou no carro e partiu, sem saber com segurança se ia ao encontro de Christopher ou de Clara. Mas acabou indo à casa de Clara.

No caminho, topou com um grande cortejo de homens, mulheres e crianças, todos de túnicas brancas esvoaçantes, presas na cintura por faixas vermelhas e amarelas. As mulheres, que eram maioria, usavam toucas brancas de pano que desciam até as costas. Cantavam, batiam palmas e dançavam. Um dos homens marcava o ritmo com uma sineta. Estavam retendo todo o tráfego, pelo que Obi, no fundo, se sentiu grato. Mas motoristas de táxi impacientes acompanhavam a música do desfile com uma serenata de buzinas ensurdecedoras e prolongadas, enquanto as pessoas abriam caminho para que os carros passassem no meio delas. Na frente, dois meninos de branco levavam uma faixa que anunciava a Eterna e Sagrada Ordem de Querubim e de Serafim.

Ao contar para Clara, Obi fez o melhor que pôde para que tudo aquilo parecesse de pouca importância. Apenas um contratempo momentâneo e mais nada. No final, tudo acabaria bem. A mente da mãe tinha sido afetada por sua prolongada enfermidade, mas em breve ela iria superar aquilo. Quanto ao pai, já estava praticamente derrotado. "Tudo o que temos a fazer é ficar quietos por um tempo", disse ele.

Clara ouviu em silêncio, esfregando o anel de noivado com os dedos da mão direita. Quando Obi parou de falar, Clara ergueu os olhos para ele e perguntou se havia terminado. Obi não respondeu.

"Terminou?", perguntou ela de novo.

"Terminei o quê?"

"Sua história."

Obi respirou fundo, como se fosse sua resposta.

"Você não acha... De todo modo, não importa. Só há uma coisa que eu lamento. Eu já devia ter previsto. Mas na verdade isso não importa."

"Do que você está falando, Clara?... Ah, não seja tola", disse Obi, quando ela puxou o anel do dedo e estendeu a mão para ele.

"Se você não pegar o anel, vou jogar pela janela."

"Por favor, faça isso."

Clara não o jogou pela janela, mas foi lá fora até o carro de Obi e largou-o dentro do porta-luvas. Voltou e, estendendo a mão de um jeito jocoso, disse: "Muito obrigada por tudo".

"Vamos, sente-se, Clara. Não sejamos infantis. E, por favor, não torne as coisas ainda mais difíceis para mim."

"Você é que está tornando as coisas difíceis para si mesmo. Quantas vezes eu falei que a gente estava se iludindo? Mas você sempre me dizia que eu estava sendo infantil. De todo modo, isso não importa. Não há mais nenhuma necessidade de muita conversa."

Obi sentou-se de novo. Clara se debruçou na janela e olhou para fora. A certa altura, Obi começou a falar alguma coisa, mas desistiu depois das duas ou três primeiras palavras. Passados mais dez minutos de silêncio, Clara perguntou se não era melhor ele ir embora.

"Sim", respondeu e levantou-se.

"Boa noite." Não se virou para ele. Estava de costas para Obi.

"Boa noite", disse Obi.

"Havia uma coisa que eu queria contar para você, mas não

tem importância. Eu devia ter tomado mais cuidado comigo mesma."

O coração de Obi subiu até a boca. "O que é?", perguntou, alarmado.

"Ah, nada. Esqueça. Eu dou um jeito."

Obi ficou chocado com a brutalidade da reação de Christopher ao ouvir sua história. Disse as coisas mais inclementes e interrompia Obi o tempo todo. Assim que Obi mencionou a oposição dos pais, ele tomou a palavra do amigo.

"Sabe de uma coisa, Obi?", disse. "Eu queria mesmo discutir esse assunto com você. Mas aprendi que não se deve interferir numa questão entre um homem e uma mulher, sobretudo com caras feito você, que têm ideias encantadoras sobre amor. Um amigo me procurou ano passado e pediu meu conselho sobre uma garota com quem ele queria casar. Eu conhecia muito bem a garota. Sabe, ela é muito liberal. Então falei para meu amigo: 'Você não deve casar com a garota'. Pois você sabe o que foi que fez esse desgraçado de miolo mole? Contou para a garota o que eu tinha falado. Foi por isso que eu não contei nada para você a respeito de Clara. Pode dizer que sou um cara atrasado e careta, mas eu não acho que a gente chegou ao estágio de podermos ignorar todos os nossos costumes. Você pode falar à vontade sobre educação e tudo isso, mas eu é que não vou casar com uma *osu*."

"Não estamos tratando agora do seu casamento."

"Desculpe. O que foi que sua mãe falou mesmo?"

"Ela me deixou assustado, de verdade. Disse para eu esperar até ela morrer, senão ela ia se matar."

Christopher riu. "Onde eu moro, tem uma mulher que, quando voltou da feira, descobriu que os dois filhos tinham caído num poço e se afogado. Ela chorou o dia inteiro e o dia seguinte também, dizia que queria se jogar no poço. Mas é claro que os vizinhos tomaram conta dela e a seguravam toda vez que se levantava. Mas, depois de três dias, o marido perdeu a paciência e mandou que a deixassem solta para fazer o que quisesse. A mulher correu para o poço, mas quando chegou lá, primeiro deu uma espiada, depois colocou o pé direito dentro do poço, retirou o pé, e colocou o pé esquerdo..."

"Que interessante!", disse Obi, interrompendo. "Mas posso garantir a você que minha mãe falou muito a sério as palavras que disse. De um jeito ou de outro, o que vim aqui perguntar a você é uma coisa bem diferente. Eu acho que ela está grávida."

"Quem?"

"Não banque o idiota. Clara."

"Ora, ora, isso vai ser bem complicado."

"Você não sabe de algum..."

"Médico? Não. Mas sei que James foi ver um ou dois médicos quando se meteu numa encrenca dessas há pouco tempo. Quer saber de uma coisa? Amanhã de manhã vou falar com ele e telefono para você."

"Não no meu telefone!"

"Por que não? Vou só lhe dar um endereço. Vai custar algum dinheiro para você. É claro que você vai dizer que sou insensível. Mas minha atitude nesses assuntos é bem diferente. Quando eu estava no leste, uma garota chegou para mim e disse: 'Não estou menstruando'. Falei para ela: 'Você que se vire'. Parece insensível, mas... Não sei. Eu encaro isso da seguinte forma: como vou saber que sou eu mesmo o responsável? Tenho certeza de que tomei todas as precauções possíveis. Só isso. Sei que seu caso é muito diferente. Clara não teve tempo para sair com outros homens. Mesmo assim..."

164

Devia haver alguma coisa em Obi que deixou o velho médico inquieto. No início, ele se mostrou muito solícito, e até fez uma ou duas perguntas em tom solidário. Depois passou para um cômodo anexo e, quando voltou, era outra pessoa.

"Desculpe, meu caro jovem", disse, "mas não posso ajudá--lo. O que está me pedindo para fazer é um crime pelo qual eu poderia ser preso e perder minha licença de médico. Mas, além disso, tenho de salvaguardar minha reputação — vinte anos de clínica sem nenhuma mancha. Quantos anos você tem?"

"Vinte e seis."

"Vinte e seis. Então você tinha seis anos quando comecei a exercer a medicina. E em todos esses anos nunca tive nada a ver com coisas escusas. Por que não se casa com a moça, afinal? Ela é muito bonita."

"Não quero casar com ele", disse Clara em tom emburrado, a primeira coisa que falou, desde que entraram.

"Mas o que há de errado com ele? Parece um jovem bonito."

"Já disse que não quero casar com ele. Não basta?", ela quase gritou, e saiu da sala correndo. Obi saiu em silêncio atrás dela e partiram de carro. Não trocaram nenhuma palavra durante todo o caminho até a casa do próximo médico recomendado a Obi.

Ele era jovem e direto. Disse que não tinha aptidão para o tipo de trabalho que lhe estavam pedindo. "Isso não é medicina", disse ele. "Não passei sete anos na Inglaterra para estudar *isso*. No entanto, farei o trabalho para você, se estiver disposto a pagar meus honorários. Trinta libras. Pagas antes de eu fazer qualquer coisa. Nada de cheque. Dinheiro vivo. O que diz?"

Obi perguntou se poderia aceitar uma quantia inferior a trinta libras.

"Lamento, mas meu preço é fixo. É uma operação muito simples, mas é um crime. Somos todos criminosos, você sabe. Estou correndo um grande risco. Pense um pouco no assunto e volte amanhã às duas horas, com o dinheiro." Esfregou as mãos de um jeito que chocou Obi, por parecer especialmente sinistro. "Se vierem", disse para Clara, "você deve estar em jejum."

Quando estavam saindo, perguntou para Obi: "Por que não casa com ela?". Não recebeu resposta.

16.

O problema mais imediato era como conseguir trinta libras antes das duas horas da tarde do dia seguinte. Sem falar das cinquenta libras de Clara, que ele tinha de devolver. Mas aquilo podia esperar. O mais simples era ir a um agiota, pegar trinta libras emprestadas e assinar que tinha recebido sessenta. Mas Obi preferia se suicidar a procurar um agiota.

Já havia conferido o que tinha sobrado do dinheiro que levara para casa. Foi à sua caixa e conferiu mais uma vez. Eram doze libras em notas, mais algumas moedas avulsas que trazia no bolso. Tinha dado só cinco libras para a mãe e nada para o pai, porque resolvera que, do jeito como estavam as coisas, era melhor conseguir as cinquenta libras de Clara o mais depressa possível.

Seria um despropósito pedir a Christopher. O salário dele nunca durava além do dia 10 de cada mês. A única coisa que o salvava de morrer de fome era o sistema brilhante que ele havia arquitetado com seu cozinheiro. No começo do mês, Christopher lhe dava todo o "dinheiro trocado" para aquele mês. "Até o dia do próximo pagamento", dizia, "minha vida está em suas mãos."

Obi lhe perguntou certa vez o que aconteceria se o homem fugisse com o dinheiro na metade do mês. Christopher respondeu que sabia que o cozinheiro não ia fazer aquilo. Era raríssimo um patrão ter tamanha confiança em seu criado, mesmo que, como naquele caso, o criado tivesse quase o dobro da idade do patrão e o tratasse como um filho.

Na situação extrema em que se encontrava, Obi pensou até no presidente da União Progressista de Umuofia. Mas aquilo seria ainda pior do que procurar um agiota. Além do fato de que o presidente ia querer saber por que um jovem com alto cargo no serviço público queria dinheiro emprestado de um velho com uma família e que tinha renda menor do que a metade de seu salário. Daria a impressão de que Obi havia aceitado o princípio de que o povo de sua terra natal podia lhe dizer com quem ele não podia casar. "Ainda não desci a esse ponto", disse Obi em voz alta.

Por fim, ocorreu-lhe uma ideia muito boa. Talvez não fosse tão boa assim, se fosse examinada com mais atenção, no entanto era muito melhor do que todas as outras ideias. Pediria ao honorável Sam Okoli. Diria a ele, com toda a franqueza, para que precisava do dinheiro e que o devolveria no prazo de três meses. Ou talvez não devesse lhe contar para que precisava do dinheiro. Não era justo com Clara contar o que estava acontecendo nem que fosse só para uma pessoa além das que tinham necessariamente de saber. Obi só contara para Christopher porque achava que ele devia saber que médicos podia consultar. Assim que voltou ao seu apartamento naquela noite, lhe ocorreu que ele não havia enfatizado a necessidade de manter segredo, e tratou de telefonar na mesma hora. Só havia um telefone para todo o edifício de seis apartamentos, mas ficava bem em frente à sua porta.

"Alô. Ah, sim, Chris. Esqueci de dizer uma coisa. Quando você pegou os endereços com o seu amigo, não contou para ele para quem é que... Não é por mim, mas... Você sabe." Christopher respondeu, felizmente em ibo, que a gravidez não podia ser escondida com as mãos. Obi lhe disse para não bancar o palhaço. "Sim, amanhã de manhã. Não no escritório, aqui. Só vou voltar ao trabalho semana que vem, na quarta-feira. Ah, sim. Muito obrigado. Até logo."

O médico contou o maço de notas com cuidado, dobrou-as e colocou no bolso. "Volte às cinco horas", disse para Obi e despediu-se. Mas quando entrou no carro, Obi não conseguiu dirigir. Todos os tipos de pensamentos assustadores se avolumavam em sua cabeça. Ele não acreditava em premonição e coisas assim, mas de algum modo teve a sensação de que nunca mais ia ver Clara.

Enquanto Obi estava sentado ao volante, paralisado pelos próprios pensamentos, o médico e Clara saíram da clínica e entraram num carro que estava estacionado na beira da rua. O médico deve ter falado algo a respeito dele, porque Clara olhou na direção de Obi uma vez e imediatamente desviou o olhar. Obi quis sair correndo do carro e gritar: "Parem. Vamos embora, vamos casar agora mesmo", mas não conseguiu e não fez aquilo. O carro do médico deu partida e se foi.

Não deve ter passado mais de um minuto, no máximo dois. Obi tomou uma decisão. Deu marcha a ré em seu carro e partiu atrás do médico para detê-los. Mas já não estavam mais à vista. Experimentou primeiro uma esquina e depois outra. Avançou em disparada por uma avenida e, por um fio de cabelo, escapou de se chocar com um ônibus vermelho. Voltou atrás, seguiu em frente, virou à direita e à esquerda como uma mosca em pânico aprisionada pelo lado de dentro de um para-brisa. Ciclistas e pedestres o xingavam. A certa altura, Lagos inteira se ergueu numa só voz de protesto: "CONTRAMÃO! CONTRAMÃO!". Obi parou, manobrou de marcha a ré para uma rua transversal e depois tomou a direção oposta.

Depois de mais ou menos meia hora daquele exercício louco e sem rumo, Obi estacionou no acostamento. Tateou no bolso direito, depois no esquerdo, em busca de um lenço. Como não achou, enxugou os olhos com as costas da mão. Depois cruzou os braços sobre o volante e baixou a cabeça sobre eles. Aos poucos, o rosto e os braços ficaram molhados no ponto em que se encostavam e gotejavam de suor. Era a pior hora do dia e a pior época do ano — os últimos meses antes do começo das chuvas. O ar estava abafado, quente e pesado. Estendia-se sobre a terra como um manto de chumbo. Dentro do carro de Obi, era pior. Ele não tinha baixado o vidro da janela de trás e assim o calor estava preso dentro do carro. Obi não havia notado aquilo, mas, ainda que tivesse, nada teria feito.

Às cinco horas, voltou para a clínica. A recepcionista do médico disse que ele não estava. Obi perguntou se ela sabia onde o médico estava. A moça respondeu com um sucinto "não".

"Há uma coisa muito importante que preciso dizer para ele. Não pode tentar encontrá-lo para mim... ou..."

"Não sei aonde ele foi", disse a moça. Seu tom de voz era tão delicado quanto um machado que parte lenha.

Obi esperou durante uma hora e meia antes de o médico voltar — sem Clara. O suor banhava seu corpo.

"Ah, você está aqui?", perguntou o médico. "Volte amanhã de manhã. Quer dizer, se ela quiser ver você. Mulheres são criaturas muito curiosas, sabe?"

❋ ❋ ❋

Obi disse para seu criado Sebastian não fazer o jantar.

"O senhor não está se sentindo bem?"

"Não."

"Desculpe, senhor."

"Muito obrigado. Pode ir agora. De manhã vou estar melhor."

Queria um livro para ler, por isso foi até a estante. O pessimismo de A. E. Housman mais uma vez se mostrou irresistível. Pegou o livro e foi para o quarto. O livro abriu na página onde Obi tinha colocado o papel no qual havia escrito o poema "Nigéria", em Londres, dois anos antes.

Deus abençoe nossa nobre terra natal,
Grande terra de sol brilhante,
Onde homens bravos optam pela paz,
Para vencer sua luta pela liberdade.
Tomara que possamos conservar nossa pureza,
Nosso entusiasmo pela vida e jovialidade.

Deus abençoe nossos nobres compatriotas,
Homens e mulheres de toda parte.
Ensine-os a caminhar unidos
Para construir nossa querida nação,
Deixando de lado região, tribo ou língua,
Mas sempre atentos uns aos outros.

Londres, julho de 1955

Com calma e em silêncio, amassou o papel na mão esquerda, até virar uma bolinha, jogou-a no chão e começou a virar as páginas do livro para a frente e para trás. No final, não leu poema nenhum. Colocou o livro na mesinha de cabeceira, junto à cama.

De manhã, o médico estava atendendo pacientes novos. Encontravam-se sentados no corredor em duas filas compridas e, um por um, iam para trás da porta verde, sem janela, do consultório. Obi explicou à recepcionista que ele não era paciente e que tinha um assunto urgente para tratar com o médico. Não era a mesma recepcionista do dia anterior.

"Que tipo de assunto o senhor tem para tratar com o doutor, se não é paciente dele?", perguntou a moça. Alguns pacientes riram e aplaudiram aquele senso de humor.

"Para que um homem que não está doente quer ver um médico?", repetiu ela, para ajudar aqueles que pudessem ter perdido a sutileza da fala original.

Obi ficou andando pelo corredor, para um lado e para o outro, até o telefone do médico tocar outra vez. A recepcionista tentou barrar o caminho de Obi. Ele a empurrou para o lado e entrou. Ela correu atrás dele para reclamar que ele havia furado a fila. Mas o médico não deu atenção à recepcionista.

"Ah, sim", disse ele para Obi, após um ou dois segundos de hesitação, como se tivesse tentado lembrar onde vira aquele rosto antes. "Ela está num hospital particular. Lembra que eu disse que em certos casos ocorrem complicações? Mas não há nada para se preocupar. Um amigo meu está cuidando dela em seu hospital." E deu o nome do hospital.

Quando Obi saiu, um dos pacientes estava esperando para falar com ele.

"Você acha que porque o governo lhe dá um carro você pode sair por aí fazendo o que bem entende? Viu que todos nós estamos esperando na fila e mesmo assim entrou na frente. Você acha que a gente é palhaço?"

Obi seguiu em frente sem dizer nada.

"É um cretino. Acha que só porque tem um carro pode fazer o que bem entende. Gente que não presta, não tem pátria!"

No hospital, uma enfermeira disse para Obi que Clara estava muito mal e que não podia receber visitas.

17.

"Suas férias foram boas?", perguntou o sr. Green, quando viu Obi. A pergunta foi tão inesperada que, por um momento, Obi se sentiu confuso demais para conseguir responder. Mas acabou tendo forças para dizer que sim, muito obrigado.

"Muitas vezes me admiro de ver como vocês, por aqui, são capazes de ter o descaramento de ainda pedir férias. A ideia de tirar férias era dar aos europeus um tempo de descanso para ir a algum lugar fresco, como Jos ou Buea. Só que hoje essa ideia é completamente obsoleta. E para um africano como você, que já tem tantos privilégios além desse, pedir duas semanas de férias para ficar por aí à toa é uma coisa que até me dá vontade de chorar."

Obi disse que não ficaria preocupado se abolissem as férias. Mas cabia ao governo decidir.

"São pessoas como você que deviam fazer o governo decidir. É o que eu sempre disse. Não há nenhum único nigeriano disposto a renunciar a um pequeno privilégio pelo bem do país.

Desde os ministros até os funcionários subalternos. E você ainda vem me dizer que vocês querem governar a si mesmos."

A conversa foi interrompida por um telefonema para o sr. Green. Ele voltou ao seu gabinete para atender o chamado.

"Tem muita verdade no que ele diz", atreveu-se a dizer Marie, após um intervalo conveniente.

"Tenho certeza que sim."

"Não me refiro a você nem nada disso. Mas, para ser bem franca, por aqui temos feriados demais. Entenda bem, eu não me importo, de verdade. Mas na Inglaterra eu nunca tive mais que duas semanas de férias no ano. Já aqui, quanto tempo temos? Quatro meses." Nessa altura, o sr. Green voltou.

"Não é culpa dos nigerianos", disse Obi. "Vocês criaram essas condições confortáveis para si mesmos, quando todo europeu tinha automaticamente um cargo no alto escalão e todo africano automaticamente ocupava os níveis mais baixos. Agora que alguns poucos de nós fomos admitidos no alto escalão, vocês mudam de ideia e lançam a culpa em nós." O sr. Green passou direto para o gabinete do sr. Omo, na porta ao lado.

"Acho que sim", disse Marie. "Mas sem dúvida já está na hora de alguém pôr fim em todos os feriados muçulmanos."

"A Nigéria é um país muçulmano, sabe?"

"Não, não é. Você está falando do norte."

Discutiram um pouco mais e Marie, de repente, mudou de assunto.

"Você parece abatido, Obi."

"Não tenho me sentido muito bem."

"Ah, me desculpe. O que você tem? Febre?"

"Sim, uma pontinha de malária."

"Por que não toma paludrina?"

"Às vezes me esqueço."

"Ora, ora", disse ela. "Devia se envergonhar. E o que diz a sua noiva? É enfermeira, não é?"

Obi fez que sim com a cabeça.

"Se eu fosse você, procurava um médico. Você está parecendo muito doente, acredite."

Mais tarde, naquela manhã, Obi foi falar com o sr. Omo para esclarecer a questão de como pedir um adiantamento de salário. O sr. Omo era o chefe das Disposições Gerais e Instruções Financeiras e estava em condições de lhe dizer se tal coisa era possível e em que condições. Obi tinha tomado uma decisão firme a respeito das cinquenta libras de Clara. Ele iria consegui-las nos próximos dois meses e pagar diretamente no banco dela. Talvez conseguissem superar sua crise atual, talvez não. Mas, de um jeito ou de outro, ele tinha de devolver aquele dinheiro.

Por fim, havia conseguido ver Clara no hospital. Mas, assim que ela o viu, virou-se na cama, ficou de costas para ele e de frente para a parede. Havia outras pacientes na enfermaria e a maioria viu o que havia acontecido. Obi nunca se sentira tão confuso em toda sua vida. Saiu na mesma hora.

O sr. Omo disse que era possível adiantar um mês de salário para um funcionário em certas condições especiais. Pela maneira como falou, pareceu que as condições especiais não tinham relação com seu desejo pessoal.

"E a propósito", disse ele, deixando de lado a questão do adiantamento, "você tem de apresentar uma declaração de despesas relativa às vinte e cinco libras e restituir o saldo."

Obi não se dera conta de que a gratificação não era uma doação gratuita para ser gasta como quisesse. Agora, para seu horror, havia entendido que, limitado a um teto de vinte e cinco libras, ele tinha autorização para pedir uma determinada quantia para cada quilômetro da viagem de volta. O sr. Omo chamou aquilo de requisição "em bases reais".

176

Obi voltou a sua escrivaninha para fazer umas contas, usando a tabela de quilometragem. Descobriu que a viagem de volta de Lagos para Umuofia alcançava só quinze libras. "Desgraça pouca é bobagem", pensou. O sr. Omo devia ter avisado a ele quando lhe deu as vinte e cinco libras. De todo modo, agora já era tarde demais para fazer alguma coisa. Era impossível restituir o saldo de dez libras. Teria de dizer que passou as férias em Camarões. Era de dar pena.

A principal consequência da crise na vida de Obi foi levá-lo a examinar, pela primeira vez, de forma crítica a linha mestra de seus atos. E ao fazer isso revelou muita coisa que ele só podia classificar como pura fraude. Por exemplo, a questão das vinte libras mensais que pagava à União de sua cidade natal e que, em última análise, estava na raiz de todos os seus problemas. Por que Obi não engoliu seu orgulho e aceitou os quatro meses de carência que lhe foram oferecidos, embora de má vontade? Por acaso uma pessoa na sua condição podia se dar ao luxo desse tipo de orgulho? Não havia um provérbio de seu povo que dizia que, nem por orgulho ou etiqueta, um homem devia engolir o catarro?

Depois de encarar a situação sob a luz verdadeira, Obi resolveu interromper o pagamento de imediato, até estar em condições de voltar a fazê-lo de modo conveniente. A questão era: será que devia ir até lá e declarar aquilo para a União de sua cidade natal? Também concluiu que não devia fazer isso. Não lhes daria outra oportunidade para se intrometer em seus assuntos particulares. Simplesmente ia parar de pagar e, se lhe perguntassem por quê, diria que tinha certos compromissos familiares que precisava resolver primeiro. Todo mundo compreendia os compromissos familiares e todos o apoiariam. Se não agissem assim, azar. Não iriam levar aos tribunais um irmão de etnia, pelo menos não por um motivo como aquele.

Enquanto repassava tais coisas no pensamento, a porta abriu

e um mensageiro entrou. Involuntariamente, Obi ficou de pé, com um pulo, para receber o envelope. Passou os olhos no envelope e viu que não tinha sido aberto. Colocou-o no bolso da camisa e afundou o corpo na cadeira. O mensageiro desapareceu assim que entregou a carta.

Sua decisão de escrever para Clara tinha sido tomada na noite anterior. Ao pensar de novo sobre o incidente no hospital, Obi chegou à conclusão de que sua raiva não era justificada. Ou, pelo menos, Clara tinha muito mais motivo do que ele para sentir raiva. Sem dúvida, Clara estava pensando que não era graças a Obi que ela continuava viva. Claro que ela não podia saber quantos dias de angústia e quantas noites insones ele havia passado. Mas, ainda que soubesse, por acaso ficaria impressionada com isso? Que consolo um morto poderia ter se soubesse que seu assassino vivia dilacerado pelos remorsos?

Obi, que agora passava o tempo todo na cama, tinha conseguido levantar e ir até sua escrivaninha. Escrever cartas não era algo que fizesse com facilidade. Tinha de elaborar cada frase primeiro no pensamento, antes de colocar no papel. Às vezes chegava a consumir dez minutos só na primeira frase. Queria dizer: "Perdoe-me pelo que aconteceu. Foi tudo culpa minha...". Decidiu contra esse início; aquele tipo de autoacusação era mera impostura. No fim, escreveu:

"Posso entender que você nunca mais queira pôr os olhos em mim. Eu a ofendi de maneira terrível. Mas não consigo acreditar que tudo esteja terminado. Se me der outra chance, nunca mais irei decepcionar você."

Leu e releu várias vezes. Depois reescreveu a carta inteira, trocou "não consigo acreditar" por "não consigo me persuadir a acreditar".

Saiu de casa de manhã bem cedo para ter tempo de deixar a carta no hospital, antes de se apresentar no trabalho às oito horas. Não se atreveu a entrar na enfermaria, ficou do lado de fora, esperando que aparecesse uma enfermeira. Um grande número de pacientes já estava numa fila na frente do consultório. O ar tinha cheiro de ácido fênico e de remédios estranhos. Talvez o hospital não fosse de fato sujo, embora parecesse. Um pouco à direita, uma grávida vomitava num ralo. Obi não queria ver o vômito, mas seus olhos ficavam toda hora se voltando para lá, por sua própria conta.

Duas auxiliares de enfermagem passaram por Obi e ele ouviu uma dizer para a outra:

"Que doença tem aquela irmã enfermeira?"

"Eu sei lá", respondeu a outra, como se a tivessem acusado de alguma cumplicidade. "Um dia está bem e no outro está doente outra vez."

"Dizem que estava de barriga."

18.

Ao todo, Clara ficou cinco semanas no hospital. Assim que teve alta, ganhou setenta dias de férias e saiu de Lagos. Obi soube disso por intermédio de Christopher, que ouvira a notícia de sua namorada, também enfermeira no Hospital Geral.

Depois de mais uma tentativa fracassada, Obi foi avisado de que, no presente estado mental de Clara, não devia tentar vê-la de novo. "Ela vai voltar", disse Christopher. "Dê um tempo para ela." Em seguida citou em ibo as palavras de incentivo que a mãe percevejo dizia para os filhos quando derramavam água quente em cima de todos eles. Ela dizia para não perderem a coragem, porque tudo o que está quente acaba ficando frio.

O plano de Obi de depositar as cinquenta libras direto na conta bancária de Clara acabou não dando em nada, por várias razões. Um dia, Obi recebeu um envelope registrado pelo correio. Ele se perguntou quem poderia lhe enviar um envelope registrado. Viu que era o diretor do Imposto de Renda.

Marie recomendou que Obi, no futuro, pagasse em parcelas

mensais por meio do seu banco. "Desse jeito, a gente nem sente", disse ela.

Claro, aquele era um conselho útil só para o próximo ano fiscal. Mas, para o ano em curso, Obi tinha de conseguir trinta e duas libras bem depressa.

Além de tudo isso, aconteceu a morte da mãe. Obi mandou tudo o que conseguiu reunir para o enterro dela, mas já diziam, para sua eterna vergonha, que uma mulher que tinha dado à luz tantos filhos, um dos quais ocupava um cargo europeu, merecia um enterro melhor. Um homem de Umuofia que estava de férias na terra natal quando a mãe de Obi morreu trouxe para Lagos a notícia do que havia acontecido numa reunião da União Progressista de Umuofia.

"Foi uma coisa de dar vergonha", disse ele. Outra pessoa quis saber, a propósito, por que aquele monstro (referindo-se a Obi) não tinha obtido autorização para ir à casa dos pais. "É isso o que Lagos pode fazer com um jovem. Ele só quer saber das coisas doces da vida, fica dançando apertadinho com as mulheres e se esquece de seu lar e de sua gente. Quem sabe que poção aquela mulher *osu* pode ter colocado na sopa dele para afastar seus olhos e seus ouvidos da sua gente?"

"Você por acaso o viu nas nossas reuniões ultimamente?", perguntou um outro. "Ele arranjou companhia melhor."

Nessa altura, um dos membros mais velhos da reunião pediu a palavra. Era um homem muito pomposo.

"Tudo o que vocês disseram é verdade. Mas tem uma coisa que eu quero que vocês saibam. Tudo o que acontece neste mundo tem um sentido. Como diz o nosso povo: onde uma coisa está de pé, tem outra coisa de pé do lado. Vejam bem essa coisa chamada sangue. Não existe nada igual. É por isso que, quando a gente planta um inhame, dá inhame, e se a gente planta um pé de laranja, dá laranjas. Já vi muita coisa na minha vida, mas nunca vi uma bananeira dar inhame. Por que estou falando isso? Vocês aqui são jovens e quero que escutem, porque é escutando os velhos que se aprende a sabedoria. Sei que quando vou para Umuofia não posso dizer que sou um velho. Mas aqui em Lagos, para todos vocês, eu sou um velho." Fez uma pausa de efeito. "Esse rapaz de quem todos estamos falando, o que foi que ele fez? Disseram para ele que a mãe tinha morrido e ele não se importou. É uma coisa estranha e surpreendente, mas posso lhes dizer que já vi isso antes. O pai dele fez a mesma coisa."

Aquilo causou certa agitação. "É a pura verdade", disse outro velho.

"Garanto a vocês que o pai dele fez a mesma coisa", repetiu o primeiro, bem depressa, para que não tomassem a história de sua boca. "Não estou inventando e não estou pedindo que não saiam falando sobre isso por aí. Quando o pai desse rapaz — vocês todos conhecem, Isaac Okonkwo — quando Isaac Okonkwo soube da morte do pai, disse que aqueles que matam com o machado devem morrer pelo machado."

"É verdade", disse de novo o outro homem. "Não se falava de outra coisa em Umuofia naquele tempo e continuaram falando por muitos anos. Eu era bem pequeno na época, mas ouvia as histórias."

"Vocês estão vendo", disse o presidente. "Um homem pode ir para a Inglaterra, virar advogado ou médico, mas isso não muda seu sangue. É como um pássaro que voa da terra e vai pousar num formigueiro. Ele continua na terra."

Obi ficou absolutamente prostrado com a morte da mãe. Assim que viu um carteiro de uniforme cáqui e capacete de aço caminhando na direção de sua mesa com o telegrama na mão, logo compreendeu.

A mão tremia com violência enquanto assinava o recibo do telegrama, e o resultado foi que sua assinatura saiu irreconhecível. "A hora do recibo", disse o carteiro.

"Que horas são?"

"O senhor tem relógio de pulso."

Obi olhou para o relógio, pois, como o carteiro havia assinalado, ele tinha um no pulso.

Todos se mostraram muito gentis. O sr. Green disse que ele podia tirar uma semana de férias, se quisesse. Obi tirou dois dias. Foi direto para casa e trancou-se em seu apartamento. De que adiantava ir para Umuofia? Ela já estaria enterrada quando chegasse lá, afinal. A ideia de ir para a casa dos pais e não encontrar lá a mãe! Na privacidade de seu quarto, Obi deixou as lágrimas correrem pelo rosto, como uma criança.

O efeito das lágrimas foi espantoso. Quando por fim foi dormir, não acordou nem uma vez durante a noite. Fazia muitos anos que aquilo não acontecia com Obi. Nos últimos meses, ele mal sabia o que era dormir.

Acordou com um sobressalto e viu que já era dia claro. Por um breve momento, se perguntou o que havia acontecido. Então o pensamento do dia anterior despertou com violência. Algo se contraiu em sua garganta. Obi saiu da cama e ficou de pé, olhando para a luz que entrava através das persianas. Culpa e vergonha tomaram seu coração. Ontem, a mãe tinha sido baixada no fundo de uma cova e coberta com terra vermelha e ele não foi capaz sequer de observar uma noite de vigília por ela.

"Terrível!", disse Obi. Seus pensamentos se voltaram para o pai. Pobre homem; ele ficaria completamente perdido sem ela. Durante mais ou menos o primeiro mês, não seria tão ruim. As irmãs casadas de Obi voltariam todas para casa. Esther poderia se incumbir de cuidar dele. Mas, no fim, todas teriam de ir embora de novo. Nessa hora é que o golpe o atingiria de verdade

— quando todos começassem a partir. Obi se perguntava se havia feito o que era correto quando resolveu não ir para Umuofia no dia anterior. Mas de que adiantaria ir para lá? Era mais útil enviar todo o dinheiro que pudesse, para pagar o enterro, em vez de gastar gasolina para fazer a viagem.

Obi lavou a cabeça e o rosto e fez a barba com uma lâmina velha. Depois quase queimou a boca escovando os dentes com creme de barbear, que ele confundiu com a pasta de dentes.

Assim que voltou do banco, deitou-se de novo. Só levantou quando Joseph chegou, por volta das três da tarde. Ele veio num táxi. Sebastian abriu a porta para ele.

"Ponha estas garrafas na geladeira", disse Joseph.

Obi saiu do quarto e viu garrafas de cerveja na soleira da porta. Devia haver uma dúzia. "O que é isso, Joseph?", perguntou. Joseph não respondeu de imediato. Estava ajudando Sebastian a removê-las primeiro.

"São minhas", disse ele, afinal. "Vou usar para uma coisa."

Dali a pouco, começaram a chegar pessoas de Umuofia. Algumas de táxi, não sozinhas como Joseph, mas em grupos de três ou quatro, para dividir o custo da corrida. Outras vieram de bicicleta. Ao todo, mais de vinte e cinco pessoas.

O presidente da União Progressista de Umuofia perguntou se era admissível cantar hinos em Ikoyi. Fez tal pergunta porque Ikoyi era uma reserva europeia. Obi respondeu que preferia que não cantassem, mas ficou extremamente comovido por tanta gente ter comparecido para lhe dar os pêsames, apesar de tudo. Joseph o chamou de lado e disse, num sussurro, que havia trazido a cerveja para ajudá-lo a entreter as pessoas que iam chegar.

"Muito obrigado", disse Obi, contendo a névoa que ameaçava cobrir seus olhos.

"Dê para eles umas oito garrafas e guarde o resto para os que virão amanhã."

Todos que chegavam iam ao encontro de Obi e lhe diziam "Ndo". A alguns, ele respondia com uma palavra, a outros, com um movimento de cabeça. Ninguém insistia demais em se referir à dor que ele sentia. Simplesmente lhe diziam para ter coragem e logo passavam a falar de assuntos normais da vida. As notícias do dia tratavam sobre o ministro da Terra, que era um dos políticos mais populares até enfiar na cabeça a ideia de contestar o herói nacional.

"Ele não passa de um tolo", disse um dos homens em inglês.

"É como o passarinho *nza* que, depois de uma grande refeição, ficou tão à vontade e distraído que desafiou seu *chi* para um duelo", disse um outro em ibo.

"O que ele viu em Obodo vai ensiná-lo a ter mais juízo", disse outro. "Quando foi fazer um discurso para seu povo, todo mundo na multidão cobriu o nariz com um lenço, porque as palavras deles fediam."

"Não foi dessa vez que lhe deram uma surra?", perguntou Joseph.

"Não, isso aconteceu em Abame. Ele foi lá com caminhões cheios de mulheres do seu partido. Mas vocês sabem como são as pessoas de Abame; não perdem tempo. Deram uma tremenda surra nele e arrancaram as toucas das mulheres. Disseram que não era direito bater em mulheres, por isso tiraram suas toucas."

Num canto mais afastado, um grupinho travava uma conversa diferente. Houve um momento de calmaria na conversa principal e se ouviu a voz de Nathaniel, que contava uma história.

"A tartaruga fez uma viagem comprida até um clã distante. Mas antes de partir disse para sua gente não mandar ninguém buscá-la, a menos que acontecesse alguma coisa nova debaixo do sol. Quando a tartaruga partiu, a mãe dela morreu. A questão era como fazê-la voltar para enterrar a mãe. Se lhe dissessem que a mãe tinha morrido, ela diria que nada havia de novo. Portanto, lhe disseram que a palmeira de seu pai tinha dado um fruto na ponta da folha. Quando a tartaruga recebeu essa notícia, disse que precisava voltar para casa a fim de ver a incrível monstruosidade. E assim foi frustrada sua tentativa de escapar do fardo do enterro da mãe."

Houve um longo e embaraçoso silêncio quando Nathaniel terminou sua história. Estava claro que ele não pretendia contar a história a não ser para as poucas pessoas que estavam perto dele. Porém, se viu de repente falando para a sala inteira. E ele não era do tipo que interrompe uma história no meio.

De novo, Obi dormiu a noite inteira e acordou de manhã com uma sensação de culpa. Mas não foi tão pungente como no dia anterior. E em pouco tempo desapareceu de todo, deixando uma estranha sensação de calma. A morte era uma coisa muito esquisita, pensou ele. Sua mãe estava morta não fazia ainda três dias e, no entanto, já estava muito distante. Na noite anterior, quando tentou rever sua imagem, Obi descobriu uma imagem um pouco velada nas bordas.

"Pobre mamãe!", disse ele, tentando, por manipulação, produzir a emoção correta. Mas não adiantou nada. O sentimento predominante era de paz.

Na hora do café da manhã, estava com um apetite voraz e inconveniente, mas, de forma proposital, recusou-se a comer senão uma quantidade muito pequena. Às onze horas, porém, não pôde deixar de beber um pouco de *garri* misturado com água gelada e açúcar. Enquanto bebia com uma colher, se viu cantarolando baixinho uma canção dançante.

"Terrível!", disse ele.

Então recordou a história do rei Davi, que se recusou a comer quando seu filho adorado estava doente, mas se lavou e comeu depois que o filho morreu. Ele também deve ter sentido esse tipo de paz. A paz que ultrapassa todo entendimento.

19.

Quando o período da culpa terminou, Obi sentiu-se como um metal que tivesse passado pelo fogo. Ou, como ele mesmo disse numa das espasmódicas anotações em seu diário: "Eu queria saber por que estou me sentindo como uma cobra novinha em folha, que acabou de sair de sua pele". A imagem de sua pobre mãe voltando do rio, com as roupas ainda por lavar e a palma da mão sangrando no ponto onde a lâmina enferrujada dele a havia furado, desapareceu. Ou melhor, ocupou uma posição secundária. Obi agora se lembrava da mãe como a mulher que fazia as coisas até o fim.

O pai, embora intransigente em conflitos entre a Igreja e o clã, não era na realidade um homem de ação, mas de pensamento. Era verdade que às vezes tomava decisões precipitadas e violentas, mas tais ocasiões eram raras. Diante de algum problema, em circunstâncias normais, ele era capaz de ponderar, avaliar, examinar a questão em todos os aspectos, adiando a ação. Em tais momentos, dependia muito da esposa. De brincadeira, sempre dizia que tudo havia começado no dia de seu casamento. E contava como ela é que havia partido o bolo primeiro. Quando os missionários trouxeram seu próprio tipo de matrimônio, trouxeram também o bolo de casamento. Mas aquilo logo foi adaptado ao sentido de drama típico do povo. A noiva e o noivo ganhavam uma faca cada um. O mestre de cerimônias contava: "Um, dois, três e já!". E o primeiro a cortar o bolo era o cabeça do casal. No casamento de Isaac, foi a esposa que cortou o bolo primeiro.

Mas a história pela qual Obi passou a ter mais carinho foi a do bode sagrado. No segundo ano de casamento, seu pai era catequista num lugar chamado Aninta. Um dos grandes deuses de Aninta era Udo, que tinha um bode consagrado a ele. O bode se tornou uma ameaça para a missão. Além de deitar-se no chão da igreja e deixar ali seus excrementos, o bode destruía a plantação de inhame e de milho do catequista. O sr. Okonkwo reclamou algumas vezes com o sacerdote de Udo, mas ele (sem dúvida um velho bem-humorado) disse que o bode de Udo era livre para ir aonde quisesse e fazer o que bem entendesse. Se o bode quis descansar no santuário de Okonkwo, provavelmente aquilo era uma demonstração de que os dois deuses eram bons amigos. E a questão teria ficado nisso, caso o bode não tivesse, um dia, entrado na cozinha da sra. Okonkwo e comido o inhame que ela ia cozinhar — e isso numa época em que o inhame era algo tão precioso quanto presas de elefante. Ela pegou a machadinha afiada e cortou a cabeça do bicho. Os anciãos da aldeia fizeram ameaças raivosas. As mulheres, por um tempo, se recusaram a comprar qualquer coisa que ela vendesse e também a vender qualquer coisa para ela na feira. Mas a castração do clã pela religião do homem branco e pelo governo do homem branco tinha sido tão bem-sucedida que o assunto morreu em pouco tempo. Quinze anos antes daquele incidente, os homens de Aninta tinham feito guerra contra os vizinhos e os subjugado. Então o governo do homem branco interveio e ordenou que todas as armas de fogo em Aninta tinham de ser entregues às autoridades. Depois de recolherem todas as armas de fogo, elas foram destruídas em público pelos soldados. Hoje, existe uma geração em Aninta chamada Grupo Etário da Destruição das Armas de Fogo. São as crianças que nasceram naquele ano.

Tais pensamentos davam a Obi uma estranha espécie de prazer. Pareciam aliviar seu espírito. Já não sentia culpa. Ele também havia morrido. Para além da morte, não existiam ideais nem imposturas, só a realidade. O idealista impaciente diz: "Me dê um lugar para me apoiar que eu moverei o mundo". Mas tal lugar não existe. Todos temos de nos apoiar na própria terra e seguir com ela, em seu próprio ritmo. A visão mais terrível do mundo não consegue escurecer os olhos. A morte de uma mãe não é como uma palmeira que dá um fruto na ponta da folha, por mais que a gente queira que seja assim. E essa não é a única ilusão que temos...

De novo, era a temporada das bolsas de estudo. Agora havia tanto trabalho que Obi precisava levar, todo dia, algumas pastas para casa. Estava se preparando para trabalhar quando um Chevrolet de modelo novo estacionou lá fora. Viu o carro nitidamente, da escrivaninha onde estava sentado. Quem seria? Parecia um daqueles prósperos homens de negócios de Lagos. Com quem um homem assim ia querer falar? Todos os outros moradores eram europeus sem importância, ocupavam os níveis mais baixos na escala do serviço público.

O homem bateu na porta de Obi, que se levantou de um pulo para abrir. Na certa o homem queria perguntar sobre o caminho para algum lugar. Quem não morava em Ikoyi sempre acabava se perdendo entre os prédios de apartamentos, muito parecidos.

"Boa tarde", disse ele.

"Boa tarde. É o sr. Okonkwo?"

Obi respondeu que sim. O homem entrou e se apresentou. Usava um abadá muito caro.

"Por favor, sente-se."

"Obrigado." Tirou uma toalha de algum lugar nas dobras de sua vestimenta ondulante e enxugou o rosto. "Não quero tomar seu tempo", disse, enquanto enxugava um antebraço e depois o outro, por baixo das mangas folgadas de seu abadá. "Meu filho vai para a Inglaterra em setembro. Quero que ele tenha uma bolsa de estudos. Se o senhor puder fazer isso por mim, aqui estão cinquenta libras." Tirou um maço de notas do bolso da frente de seu abadá.

Obi lhe disse que não era possível. "Em primeiro lugar, eu não dou as bolsas de estudos. Tudo o que faço é examinar os pedidos e recomendar à Comissão de Bolsas de Estudos aqueles candidatos que satisfazem as exigências."

"Pois é só isso que eu quero", disse o homem. "É só recomendá-lo."

"Mas a Comissão pode não selecionar seu filho."

"Não se preocupe com isso. Faça apenas a sua parte..."

Obi ficou em silêncio. Lembrava-se do nome do rapaz. Já estava na lista de candidatos finalistas. "Por que o senhor não paga para ele estudar? O senhor tem dinheiro. A bolsa de estudos é para os pobres."

O homem riu. "Ninguém tem dinheiro neste mundo." Ficou de pé, colocou o maço de notas na mesinha à frente de Obi. "Isto é só um aperitivo", disse ele. "Vamos ser bons amigos. Não se esqueça do nome. Vamos nos ver de novo. Você alguma vez vai ao clube? Nunca o vi lá."

"Não sou sócio."

"Pois devia se associar", disse ele. "Até logo."

O maço de notas ficou no lugar onde o homem o havia deixado, durante o resto do dia e a noite inteira. Obi colocou um jornal por cima do dinheiro e trancou a porta. "Isso é terrível!", murmurou. "Terrível!", exclamou em voz alta. Acordou com um sobressalto no meio da noite e depois ficou muito tempo sem conseguir dormir.

"Você dança muito bem", sussurrou, enquanto ela se encostava mais ao seu corpo, respirando muito depressa e arquejante. Obi pôs os braços dela em volta de seu pescoço e trouxe os lábios dela até um centímetro dos seus. Já não prestavam mais nenhuma atenção ao ritmo da música *high-life*. Obi a conduziu para seu quarto. Ela esboçou um movimento de resistência pouco sincero, depois o acompanhou.

Obviamente, ela não era nenhuma estudante inocente. Conhecia seu trabalho. De todo modo, já estava mesmo na lista dos candidatos finalistas. Mesmo assim, foi uma grande decepção. De nada adiantava fingir que não tinha sido. Pelo menos, era preciso ser honesto consigo mesmo. Ele a levou de volta para Yaba em seu carro. Na viagem de volta para casa, Obi foi visitar Christopher e lhe contar o que havia acontecido para que os dois, talvez, pudessem rir de tudo aquilo. Mas saiu de lá, mais uma vez, sem contar a história. Num outro dia, quem sabe.

Outros vieram. As pessoas diziam que o sr. Fulano era um cavalheiro. Ele recebia o dinheiro, mas fazia a sua parte, o que era uma grande fonte de publicidade, e assim outros mais o procuravam. Mas Obi se recusava a aprovar quem não tivesse os requisitos mínimos, educacionais e de outros tipos. Nisso, era inabalável.

No momento devido, saldou seu empréstimo no banco e sua dívida com o honorável Sam Okoli. Agora o pior estava resolvido e Obi deveria sentir-se mais feliz. Porém, isso não acontecia. Um dia, alguém lhe trouxe vinte libras. Quando o homem saiu, Obi se deu conta de que não podia mais suportar aquilo. Dizem que as pessoas se habituam a essas coisas, mas não era assim que ele se sentia, nem de longe. Cada ocorrência era cem vezes pior que a anterior. O dinheiro ficou sobre a mesa. Ele preferia não olhar naquela direção, mas parecia não ter outra opção. Limitou-se a ficar sentado e olhar para o dinheiro, paralisado pelos próprios pensamentos.

Bateram na porta. Obi levantou-se de um pulo, agarrou o dinheiro e correu para o quarto. Uma segunda batida na porta o apanhou quase na porta do quarto e imobilizou-o ali. Então viu no chão, pela primeira vez, o chapéu que seu visitante havia esquecido, e deu um suspiro de alívio. Enfiou o dinheiro no bolso, foi até a porta e abriu. Dois homens entraram — um era sua recente visita, o outro, uma pessoa totalmente desconhecida.

"É o sr. Okonkwo?", perguntou o desconhecido. Obi respondeu que sim, numa voz que ele mal conseguia reconhecer. A sala começou a girar e girar à sua volta. O desconhecido estava falando alguma coisa, mas a voz soava distante — como soam as palavras para um homem febril. Então ele revistou Obi e localizou as notas marcadas. Começou a falar outras coisas, invocou o nome da rainha, como um inspetor de polícia que, na zona rural, manda dispersar e repreende com veemência uma multidão delirante e incapaz de compreendê-lo. Enquanto isso, o outro homem usava o telefone lá fora, em frente à porta de Obi, para chamar uma viatura da polícia.

193

* * *

Todos se perguntaram por quê. O juiz, homem culto, como vimos, não conseguia entender como um jovem de bom nível de instrução etc. etc. O homem do Conselho Britânico e até os homens de Umuofia não sabiam explicar. E temos de supor que, apesar de toda sua segurança, o sr. Green também não sabia.

1ª EDIÇÃO [2013] 1 reimpressão

ESTA OBRA FOI COMPOSTA EM ELECTRA PELO ESTÚDIO O.L.M. / FLAVIO PERALTA
E IMPRESSA EM OFSETE PELA LIS GRÁFICA SOBRE PAPEL PÓLEN SOFT DA
SUZANO S.A. PARA A EDITORA SCHWARCZ EM JUNHO DE 2021

A marca FSC® é a garantia de que a madeira utilizada na fabricação do papel deste livro provém de florestas que foram gerenciadas de maneira ambientalmente correta, socialmente justa e economicamente viável, além de outras fontes de origem controlada.